BAJO LA SOMBRA DE LOS LOBOS

colección andanzas

ALVYDAS ŠLEPIKAS
BAJO LA SOMBRA DE LOS LOBOS

Traducción del lituano de
Margarita Santos Cuesta

TUSQUETS
EDITORES

Obra editada en colaboración con Editorial Planeta – España

Título original: *Mano vardas Marytè*

© 2011, 2019, Alvydas Šlepikas.
Esta traducción ha sido publicada por Tusquets Editores por acuerdo con
Oneworld Publications.

© 2021, Traducción: Margarita Santos Cuesta

© Tusquets Editores, S.A. – Barcelona, España

Derechos reservados

© 2022, Editorial Planeta Mexicana, S.A. de C.V.
Bajo el sello editorial TUSQUETS M.R.
Avenida Presidente Masarik núm. 111,
Piso 2, Polanco V Sección, Miguel Hidalgo
C.P. 11560, Ciudad de México
www.planetadelibros.com.mx

Diseño de la colección: Guillemot-Navares

Primera edición impresa en España: mayo de 2021
ISBN: 978-84-9066-963-1

Primera edición en formato epub en México: febrero de 2022
ISBN: 978-607-07-8347-0

Primera edición impresa en México: febrero de 2022
ISBN: 978-607-07-8341-8

La traducción de este libro ha recibido una subvención del Instituto
Lituano de Cultura.

Impreso en los talleres de Litográfica Ingramex, S.A. de C.V.
Centeno núm. 162-1, colonia Granjas Esmeralda, Ciudad de México
Impreso en México - *Printed in Mexico*

Bajo la sombra de los lobos

El autor agradece a Renatė, Rolandas, Ričardas y su
madre Renata, Evaldas y Rita el apoyo y la ayuda que
le brindaron mientras escribía este libro.

En memoria de Almantas Grikevičius

Ella cuenta:

Todo emerge del pasado como de la bruma. Las personas y los acontecimientos, envueltos en la nieve que trae el viento u ocultos en la niebla que persiste en el silencio. Todo queda lejos, pero no se olvida. Algunos detalles se ven con nitidez; otros han desaparecido, como en una fotografía que va perdiendo su color. El tiempo y el olvido han cubierto todo de nieve y de arena, de sangre y de agua turbia.

Las personas aparecen como si surgieran de la niebla, de una helada, de un invierno brumoso; se vuelven oscuras, arrojan su sombra sobre la tierra empapada de sangre y pisoteada por la guerra y desaparecen. Surgen por un instante, por un breve destello de la memoria, o en forma de varios puntos del relato, desperdigados sin orden cronológico:

ahí está el mensaje en ruso sobre un letrero clavado al otro lado del río Nemunas, el río Niemen: ¡SOLDADO DEL EJÉR-

CITO ROJO! ANTE TI COMIENZA LA GUARIDA DE LA BESTIA
FASCISTA;

soldados rusos cargados con su botín: relojes de pared,
cortinas, fuentes de plata;

el cuerpo sin cabeza de una mujer clavado a un muro;

una multitud muerta de hambre desgarrando en pedazos el cadáver de un rocín que jalaba un carro de agua
volcado;

una madre entrando con sus hijos sin vacilar en el Nemunas, que retumba y cruje por el deshielo; se sumerge en la
corriente sin inmutarse, sin pensar, como si ahogarse fuera
algo fácil y cotidiano;

cadáveres que se lleva el río: ennegrecidos e hinchados, sin
nombres, sin apellidos;

tumbas profanadas;

ruinas de iglesias que saltaron por los aires;

panfletos repartidos entre los soldados soviéticos en los que
se les anima en ruso: «Mata a todos los alemanes, también
a sus hijos. No existen alemanes inocentes. Apodérate de sus
pertenencias, de sus mujeres. Es tu derecho, tu botín»;

mujeres regateando, vendiendo a algunos de sus hijos a
granjeros lituanos por papas, harina, alimentos, para que
sus otros hijos sobrevivan;

soldados borrachos que se ríen y disparan por placer a
pájaros y después a personas, también por placer y con la
misma alegría, sin pensar; la guerra los ha quemado igual
que un alto horno quema el barro;

mujeres que construyen zanjas y mueren de hambre y cansancio;

14

niños haciendo estallar proyectiles abandonados por la guerra;

lobos que se han acostumbrado a alimentarse de carne humana;

un perro con una mano ennegrecida entre los dientes;

ojos hambrientos, hambre, hambre, hambre;

cadáveres..., muerte y cadáveres;

recién llegados, colonizadores que destruyen todo lo que sigue en pie: iglesias, castillos, cementerios, sistemas de drenaje, rediles para el ganado;

campos vacíos y desolados en los que hasta el viento se pierde sin encontrar un camino familiar entre ruinas y tierras baldías;

la Prusia de posguerra, pisoteada, violada, abatida a tiros.

Como de la oscuridad, como un juego de sombras y de luz, como una película en blanco y negro, aparecían las esquirlas del pasado:

invierno de 1946.

Un invierno de posguerra frío y terrible, tiempos de desolación.

Un puente colgaba entre el cielo y la tierra sobre el caudal helado del Nemunas. El viento empujaba polvo de nieve a lo largo del río como si este fuera una autopista. En algunos puntos resplandecía el hielo, lechoso como el mármol. Hacía frío, más de veinte grados Celsius bajo cero.

Puntales de metal se cruzaban entre sí formando una confusa red entre cuyo entramado silbaba el viento. El puente aullaba las canciones del vendaval.

Además del viento, también se oía la voz de un soldado que cantaba algo extraño y de tonos orientales.

A través del armazón de metal se distinguían a lo lejos unos puntos oscuros que no dejaban de moverse.

Pegados a la construcción del puente había carteles, letreros y periódicos que proclamaban la victoria y animaban a no mostrar compasión, a matar. También prohibían el acceso sin un permiso de las autoridades militares.

El viento hacía temblar la esquina despegada de un cartel. La nostálgica canción comenzó a sonar con más fuerza.

Sobre el puente vigilaban dos soldados: el que cantaba, de rasgos asiáticos, y un ruso. El ruso intentaba encender un cigarro, pero el viento apagaba los cerillos y lo enfurecía. También le molestaba la canción del soldado de ojos rasgados.

Los puntos negros que se movían al otro lado del río se acercaban: eran niños alemanes que intentaban atravesar el Nemunas helado. Serían unos siete...

El ruso perdió la paciencia:

—¡Cállate de una maldita vez, puto chino!

El asiático sonrió. Calló durante un rato y luego dijo:

—Puto chino, puto chino... Puto chino serás tú.

El viento silbaba y la patria estaba lejos, el cigarro se rompió, el cerillo se quebró entre los dedos encallecidos.

El asiático se echó a reír:

—Eh, Iván...

—No me llamo Iván, soy Yevgueni, me llaman Zhenia.

—Mira, Iván, alemanito correr...

Los niños alemanes corrían como perdices sobre el hielo. Un par de ellos, más pequeños, se estaban quedando atrás.

El soldado ruso gritó:

—¡Alto! ¡Atrás! ¡Alto! ¡Es una orden! ¡Alto, cerdos fascistas!

Sin embargo, el puente era alto y el viento se llevaba las palabras del soldado. Los niños siguieron corriendo. Vieron la figura que agitaba los brazos desde lo alto del puente, pero no entendían las señas.

—Eh, Iván...

—Que no soy Iván, puto chino...

—Ellos cagar en ti, Iván...

—Mira que te mato...

—Tranquilo, idiota...

El ruso agarró una granada, jaló el anillo y arrojó el proyectil al grupo de niños. Los dos soldados se agacharon para protegerse de la posible metralla. De repente, retumbó una poderosa explosión.

La humareda se disipó.

Agarrado al borde del agujero provocado por la granada, un niño pataleaba y trataba de salir del agua. Hacía frío y un vapor helado se elevaba del río. Los otros niños habían dado media vuelta y corrían intentando huir de la muerte.

Cuando la detonación se disipó, en medio del silencio absoluto se oyó un ruido extraño que recordaba al chillido de un animal moribundo, agudo y constante. Otro chico había quedado gravemente herido. Se retorcía de un modo peculiar sobre la espalda y sacudía los pies contra el hielo. Así que el gemido provenía de él. La sangre corría bajo el niño, que no dejaba de contraerse, y teñía una extensión cada vez más grande de nieve y hielo: una mancha de color en un mundo en blanco y negro.

Entre el niño herido y el otro que seguía pataleando en el agujero abierto en el río helado había un chico de unos seis años. Estaba aterrorizado, como petrificado, las piernas no le obedecían y el lamento del herido lo atravesaba de lado a lado. En sus ojos se reflejaba el horror.

Este niño era el pequeño Hans, a quien conoceremos más tarde.

El asiático levantó el rifle, apuntó y disparó. El gemido llegó a su fin; el herido dejó de moverse. Hans despertó de su estupor y echó a correr dando gritos, pero no hacia la orilla, sino a lo largo del río helado. A sus espaldas sonaron dos tiros más, pero Hans no dejó de correr.

Después de fallar estos últimos disparos, el soldado asiático sacudió la cabeza.

El muchacho que colgaba del borde del agujero pataleaba con sus últimas fuerzas.

El soldado ruso escupió y miró al pequeño, que apenas se movía ya.

La cabeza del niño se sumergió. Por unos instantes, una mano siguió agarrada al borde del agujero, pero al fin desapareció también en el caldo de agua y pedazos de hielo.

El soldado ruso encendió por fin el cigarro.

El viento silbaba.

De nuevo se oyó el canto triste y estremecedor del soldado.

Se acercaba la noche. En invierno llegaba tan rápido... Desde hacía varios meses Eva tenía la impresión de que siempre era de noche. E invierno. Un invierno interminable, ventiscas interminables, helada interminable, crepúsculo, frío, viento, hambre interminable. El frío atravesaba sus prendas y se colaba hasta el corazón, hasta los huesos y el cerebro. Otra vez le daba vueltas la cabeza, del hambre; ya hacía tiempo que no comía nada. Si aparecía algo que llevarse a la boca, se esforzaba en darles todo a los niños. El mundo giraba a su alrededor y por un momento la negrura le cubrió los ojos, pero su amiga Martha, que nunca se rendía, la sujetó por el codo.

—Aguanta —le dijo—. Aguanta, Eva. Acuérdate de los niños.

Eva no tiene que acordarse de ellos; son lo único en lo que piensa: Monika, Renate, el mimado de Helmut, tan tierno pero débil, un chico enfermizo, totalmente diferente de Heinz. «¿Dónde estará ahora, mi

22

Heinz, mi niño? Se fue en tren a Lituania hace ya casi una semana. ¿Vivirá, se encontrará bien, qué comerá, tendrá un lugar donde recostar la cabeza?»

La gente esperaba de pie sin moverse, encogida por el viento y por el frío, arrimándose los unos a los otros como ovejas: siluetas oscuras atrapadas en la creciente oscuridad del anochecer, del día que moría. Eva se apoyó en Martha. La ayudaba sentir a su lado a alguien más fuerte y tenaz. Martha sabía cómo salir de cualquier situación. No había visto llorar a su amiga ni una sola vez. Ni siquiera ahora, cuando todos los días se fundían en un único día de desolación, interminable y negro, en una enorme fosa funeraria. No, Martha no lloraba nunca, ella confiaba en la vida. Ahora también era un apoyo, un refugio para Eva, que todo lo temía y de todo se asustaba. «Ay, Martha, Martha... Menos mal que estás a mi lado, menos mal. No puedo decirte esto, imposible.» Si también desapareciera Martha, el mundo perdería todas sus coordenadas, aunque aquello ya era más una masa informe que un mundo.

Por fin aparecieron los soldados: dos muchachos, de unos dieciocho años, pero de semblante severo, serio. Arrastraban una olla grande llena de restos de comida, en su mayor parte cáscaras de papa, las tan esperadas cáscaras de papa. De repente la gente —ancianos, niños, mujeres, entre ellas Eva y Martha— pareció salir de su sopor. Todos se acercaron con los ojos brillantes, todos estaban hambrientos, cansados de esperar, helados, con la piel ennegrecida por el frío, envueltos en harapos; todos avanzaron, aun a sabiendas de que había que esperar la orden, había que esperar el permiso. Los soldados gritaron algo en ruso, pero Eva no hablaba esa lengua, solo «gracias» y «adiós», aunque ahora también sabía decir «pan» y «papas». Sin embargo, los soldados no decían «pan» ni «gracias»; gritaban:

—¿Adónde van, engendros, adónde van? ¡Atrás, fascistas, o verán lo que es bueno! ¡No se atropellen! ¡No se atropellen!

En realidad, no se estaban atropellando, solo se echaban hacia delante de manera involuntaria, todos listos para agarrar su parte, y esa parte dependía de cuánto fueran capaces de alcanzar. Eva se acercó junto con los demás a los soldados, a la olla llena de sobras y cáscaras de papa. Por un instante le pareció que su entorno se distorsionaba, las manos y las caras de la gente perdieron su contorno, todo se tensó para luego contraerse, todo avanzó de repente en cámara lenta. Los soldados volcaron la olla en el suelo, allí mismo, en el patio trasero del comedor militar. Lo que antes era una taberna se había convertido en comedor militar. Hoy arrojaban muchas sobras, no siempre se tenía tanta suerte, y menos al anochecer.

El soldado se burló en alemán:

—¡Aquí tienen, sírvanse, señores fascistas!

En alemán solo dijo «aquí tienen», todo lo demás lo dijo en ruso, pero podía decir lo que quisiera, por-

24

que a aquellas personas ateridas y muertas de hambre ya les daba igual. Se precipitaron sobre las cáscaras y las sobras, las agarraban a puñados y las metían en pequeños sacos de lienzo y en canastas que llevaban consigo. Una anciana comenzó a gemir:

—¡Eso es mío, mío! ¡Yo también quiero vivir!

Se cayó, alguien tropezó con ella y le pisó la mano. Ella lanzó un grito. Eva se estremeció y quedó paralizada por un instante, quizás medio segundo, porque de repente se vio a sí misma como un gusano que se retorcía entre las sobras. Sin embargo, la voz de Martha enseguida ahuyentó esa imagen:

—Acuérdate de los niños.

O tal vez no fue Martha sino ella misma, Eva. Tal vez fue su propia voz quien le dijo: «Acuérdate de los niños», su voz interior de madre. Como un animal depredador se aferraba, arrancaba, jalaba y arrojaba en su bolsa las cáscaras heladas de papa. Probablemente también lloraba. ¿O serían quizás unas pocas lágrimas insípidas provocadas por el frío y el viento?

—Mira qué asquerosas, han perdido cualquier resto de humanidad —dijo el soldado en ruso al tiempo que golpeaba una boquilla de mujer contra una esquina del edificio para vaciarla de restos de tabaco.

Soplaba la ventisca.

El viento llevaba la nieve de un lado a otro y contra los ojos de los viandantes. Eva y Martha caminaban deprisa, pero no era fácil avanzar. Inclinadas hacia delante, sus siluetas iban desapareciendo en la creciente negrura de la noche. Ya dejaban atrás la antigua lechería, luego el taller de cardado de lana, con su esquina derruida por un proyectil de artillería. El interior del edificio estaba abierto como el costado de un animal sacrificado, pero en él solo se distinguía una oscuridad sin fondo. A Eva le daban miedo todos esos edificios sin vida. Siempre le parecía ver sombras que las perseguían a ella y a Martha. Sudaba, pero el frío seguía atravesándola. El pueblo, que le era tan familiar, se volvía desconocido en medio de la ventisca, terrible, asesino.

En algún lugar sonó un disparo; luego otro. Las mujeres avivaron aún más el paso. A través de los aullidos del viento y los remolinos de nieve empezaron a llegar en bandadas las notas de un acordeón ruso. Aunque fuera un sonido ajeno a ellas, las tranquilizaba por llegar de manera tan inesperada, como de otro mundo. Eva incluso pensó que era ella, su conciencia, quien creaba aquella sencilla melodía en clave mayor, aquel canto a la naturaleza. Eva se aferró a las cáscaras de papa que había conseguido en la cantina militar. En casa las esperaban los niños, hambrientos; esos niños a los que quería más que a su propia vida. Con gusto aullaría como una loba, se cortaría un pedazo de su cuerpo para alimentar a sus hijos, esos inocentes que sufrían un castigo divino. Volvía a casa con las sobras desechadas por los soldados rusos. Lotte, la hermana de su marido, secaría las cáscaras de papa sobre una pequeña estufa de metal y luego las molería en un viejo molinillo de café para al fin hacer tortitas con la harina resultante. Eva no sabría cómo sobrevivir sin Lotte; sin Lotte y sin Martha.

Eva y Martha seguían corriendo en dirección a su casa, encogidas por el viento y por el miedo de que alguien les dirigiera la palabra. Entre los remolinos de nieve surgían de vez en cuando luces, automóviles, soldados, algunas siluetas. Alguien se rio, en algún lugar se oyeron disparos. Intentaron pasar sin ser vistas junto a un grupo de soldados rusos que bebían. Les gritaron algo, pero ellas fingieron no oír. Era importante no detenerse, no voltear, pasar tranquilamente de largo. Eva continuó avanzando; cada paso correspondía a una sílaba de la oración que Jesús enseñó a su pueblo: «Padre nuestro que estás en los cielos, hágase tu voluntad...». Nunca fue muy religiosa, más bien librepensadora, pero ahora repetía esa oración una y otra vez; hasta se la había enseñado a los niños. Le parecía que esas palabras sagradas rozadas por los labios de Dios ayudaban, salvaban. Martha se reía de ella: «Te has vuelto una vieja beata». Eva no se enfadaba. Era imposible enfadarse con Martha, aquella mujer hermosa y fuerte que no se dejaba vencer por desgracia alguna. Incluso en aquel entonces se oía a veces su risa inconfundible y contagiosa. Costaba creerlo, pero Martha se reía hasta en esos tiempos. A veces. Quizás en un intento de animar a los demás.

De repente alguien agarró a Eva del brazo.

—¡Eh, dos chicas...! —gritó riéndose un soldado borracho; sus ojos parecían los de un loco.

Del susto, Eva soltó un grito. Empujó al soldado, pero este se aferró a ella con más fuerza y los dos perdieron el equilibrio. Eva sintió el hedor a alcohol que le salía de la boca; empujó, pataleó, se levantó. El soldado seguía colgado de su manga, pero Martha lo jaló y lo separó de Eva. Sin embargo, en torno a ellas ya se habían reunido más bocas que se reían y se burlaban. Los soldados se abalanzaron sobre ellas, surgieron de repente de los remolinos de nieve. Todos gritaban algo, se reían, parecía que se molestaban los unos a los otros. Se oyó una frase en alemán:

—Señoritas, no tengan miedo, somos muy tiernos.

Después risas.

Martha se liberó de uno de ellos y otro asió a Eva por la pierna. Uno de los atacantes se cayó, pero incluso desde el suelo se retorcía ansioso por una mujer.

Por fin las dos consiguieron zafarse. Corrían tanto como podían, pero los soldados no estaban dispuestos a rendirse tan fácilmente. Las siguieron, alguien disparó en el aire. Eva apretó contra el pecho la comida para los niños; de ninguna manera perdería su botín. Las mujeres doblaron una esquina y se zambulleron en la negrura que se extendía entre los edificios. Allí todo les era familiar, o lo fue antes. Corrieron por detrás de la escuela y atravesaron el edificio quemado de la policía, sus ruinas; luego patios y huertos. Lo más importante ahora era librarse de sus perseguidores, desorientarlos en medio de la ventisca o, de lo contrario, los conducirían hasta casa, no los detendrían los frágiles candados de la leñera. La familia de Eva se alojaba en el cuarto de la leña desde que los echaron de su casa los nuevos inquilinos —un militar herido y su mujer— apenas llegaron. La leñera se convirtió en su nueva casa.

Eva ya no tenía fuerzas para seguir corriendo. Se escondió detrás de un edificio, agachada y encogida en un rincón, y esperó. ¿Dónde estaba Martha? ¿Dónde se había metido? Corrían juntas, las dos se defendieron, las dos se quitaron de encima a esos borrachos, pero ¿dónde estaba ahora? De pronto, Eva oyó gritos y un par de disparos. «Dios mío, protégenos a mí y a mi amiga Martha, protege a su familia, a sus hijos y a mis hijos, sácanos de este desierto de muerte, devuélvenos la vida.»

Se levantó e intentó caminar, pero tropezó con una rama.

No, no era una rama; era un brazo.

Era un cadáver congelado. Había tantos por las cunetas de los caminos que decían que los lobos se estaban acostumbrando a comer carne humana. Pero de qué lobos hablaban cuando ahora las personas que te rodeaban se habían convertido en lobos...

De repente, Eva comprendió que ni siquiera se había asustado al ver aquel cadáver, solo la había sorprendido.

Escuchó los ruidos de la noche y del viento para asegurarse de que no había nadie cerca y emprendió el camino a casa guiándose por su instinto. Su figura desapareció en la noche.

El cadáver quedó allí con el brazo extendido, implorante.

Ya no tenía frío.

El frío. Se colaba por todas las rendijas, sobre todo cuando vivías en una leñera para nada adecuada para vivir. Los aullidos y lamentos de la ventisca penetraban las finas paredes. Una vela de parafina se derretía sobre la caja que hacía las veces de mesa. Por suerte, tía Lotte había reunido una buena cantidad de ellas. Nunca creyó ni en la victoria ni en las multitudes de personas que gritaban extasiadas y con las manos en alto esperando a su querido *Führer*, o que zapateaban al ritmo de las marchas incendiarias. «¿Recuerdas cuando estábamos en Berlín y voceábamos con entusiasmo: ¡Alemania! ¡Alemania! ¡Alemania!; cuando tanto damas ancianas como jóvenes estaban dispuestas a abrirse las entrañas para recibir la semilla del líder?» No tía Lotte. Ella era escritora, en algún momento había escrito libros... ¿Dónde estaban ahora esos libros? ¿A quién le interesaban, a quién le interesarían algún día, si solo existían el viento y el frío, la muerte y el hambre? La llama de la vela tembló con el viento. Un latigazo repentino de la ventisca golpeó las paredes de madera de la leñera. Dentro siempre hacía frío, solo la estufa de metal daba un poco de calor. Tenías que alimentarla todo el tiempo, pero la madera había que traerla de fuera, buscar por el pueblo. De eso se ocupaban los niños, pero ahora estaban tan debilitados por el hambre que salir era un desafío, sobre todo por los soldados y los nuevos colonizadores, en su mayoría militares heridos, lisiados o con algún trauma de guerra, que se habían quedado a vivir. Les adjudicaban casas, les decían: «Agarren lo que quieran». A nadie se le ocurría pensar que allí vivía alguien, que todos los edificios, casas o patios tenían propietarios. «Agárralo todo, estás en tu derecho, es tu botín de guerra.» Ahora en su casa vivían un oficial y la chillona de su mujer. La primera vez que el hombre —que movía la mano derecha con dificultad— le pegó a su mujer, una señora obesa que se ponía el camisón de Eva como si fuera un vestido, todos se asustaron. Fue espantoso, parecía que la iba a matar; y aunque no faltaban muertos por todas partes, un hombre que le pegaba a su mujer era extraño, sobre todo cuando tenías seis años, como Renate, o cinco, como Helmut. Sin embargo, no la mató, ni tampoco las siguientes veces. Al principio los asustaba el gemido chillón y continuado que se oía a veces, incluso por la noche, como el lamento de la persona más desgraciada del mundo o tal vez de un animal, pero al cabo de un tiempo ya no sorprendía a nadie: era una extraña canción de amor.

Cuando aparecieron los primeros soldados rusos, la gente empezó a rezar. Tenían miedo, aunque confiaban en que los descendientes de Tolstói y Dostoievski no fueran conquistadores crueles y salvajes. Un vecino solía visitarlos para fumar en pipa en su patio y siempre le decía al abuelo que los rusos eran gente culta, que no había de qué tener miedo, que eran personas igual que ellos. Sin embargo, luego llegaron los rusos, algunos —quién sabe por qué— bajitos, casi enanos. Los rifles les daban contra los talones cuando caminaban y uno se preguntaba cómo no tropezaban con esos abrigos tan largos. El vecino se convenció pronto de que aquellos muchachos de rostros arrugados por la guerra no habían leído a Tolstói; habían leído otras cosas, vivido otras cosas. Estaban quemados por varios años de guerra, los más brutales, y una muerte más o una menos no les importaba. Además, los empujaba la sed de venganza. El vecino, que hablaba mal algo de ruso, intentó hablar con ellos, pero al cabo de poco tiempo colgaba de la rama de un manzano de su propio patio sin alcanzar con los pies el suelo. El abuelo, que no aceptaba que expulsaran a su familia de su casa, de su querida granja, que los echaran a la calle, al patio, que les dejaran solo la leñera en la que tendrían que acomodarse ahora los cinco hijos de su hijo, su hija y su nuera, madre de los niños, fue a ver a los líderes de los vencedores en busca de justicia. Nunca volvió. Tía Lotte, su hija, le había dicho: «No vayas, papá, no vayas; no vas a cambiar nada, no cambiarás nada, papá...», pero el antiguo oficial de la Primera Guerra Mundial, aunque mayor y enfermo, era muy orgulloso. Se metió en el bolsillo su tabaquera y tomó algunas cosas de valor —cucharas de oro y de plata, una cigarrera con el grabado del halcón— y otras pequeñeces que pudieran salvar a su familia, su casa, su hogar. Después de todo, sus niños necesitaban calor y un techo donde vivir. «Les daremos todo, pero salvemos la casa», dijo el abuelo. Pero no volvió. La leñera se convirtió en su hogar.

Cierto que no los echaron desde el principio.

Los primeros conquistadores fueron un poco mejores. A Eva le gustaba tocar instrumentos musicales. Había asistido a clases, incluso en un conservatorio, pero no acabó los estudios porque se enamoró de un granjero alto, pecoso y siempre sonriente llamado Rudolph que la llevó a su granja en el este de Prusia. Al principio, la vida allí no fue fácil para la joven de Berlín, pero el amor lo vence todo. Uno tras otro nacieron los niños. Rudolph le compró un piano fantástico. Habría querido uno de cola, pero era caro; demasiado para una familia de granjeros. Después comenzó la guerra y Rudolph se despidió de ellos. Eva tocó a Mozart y a Rajmáninov, tocó cosas que gustaban a los niños: piezas populares que también cantaba. Ay, benditos días de dicha, un tiempo que quizás nunca existió, un tiempo con el que seguro que soñó en esta fría leñera mientras dormía el sueño del hambriento.

Los primeros forasteros tenían más cultura. Un capitán ruso, al enterarse de que en su casa había un piano, los visitaba por las tardes, se disculpaba, pedía permiso a Eva y se sentaba frente al instrumento. Tocaba muy bien, probablemente había sido músico antes de la guerra. Se llamaba Andréi.

Casi siempre tocaba a Beethoven, le gustaba en especial la sonata *Claro de luna*. El final de la pieza retumbaba con especial dramatismo; a Eva le parecía que no era su piano lo que sonaba, sino el egregio piano de cola de un concierto. Un día, el capitán abrió una partitura que mamá había dejado junto al instrumento, una música desconocida para él. Eva no dijo dónde había conseguido aquel cuaderno; se trataba de Satie. Rudolph servía en el París ocupado y se lo había enviado. Las notas eran aparentemente sencillas pero cautivadoras y se habían convertido en la música favorita de Eva. No estaba claro si le encantaba Erik Satie o la música que le había enviado Rudolph. Tal vez tanto una cosa como la otra. Andréi también empezó a tocar a Satie. Sobre todo le gustaba la *Gnossienne n.º 5*. Esta melodía también le gustaba a la pequeña Renate, que bailaba en la cocina mientras el capitán ruso tocaba.

Después el capitán se fue y llegaron otros que ya no necesitaban el piano ni a Satie ni a Beethoven. Lo confiscaron todo, echaron a los animales y desterraron a la familia a la leñera. El abuelo no volvió. Todos evitaban hablar de él. Se había ido. Y era verdad.

En la leñera no había piano, no había casi nada, solo una estufa que consiguieron por algún milagro y que los salvaba todos los días; solo las velas, que quién sabe de dónde las había sacado tía Lotte; solo aquello que lograron llevarse de casa: algunas prendas de ropa, sábanas, el abrigo de piel del abuelo... Unas tablas hacían las veces de cama. Sobre ellas yacían ahora, envueltos en todo o casi todo lo que poseían, Renate, Monika, Brigitte y Helmut. Sentada a su lado, tía Lotte avivaba la estufa mientras seguía contándoles un cuento. Un cuento que sustituía a la comida. De la pared colgaban fotografías que habían rescatado y en las que habían quedado congelados momentos felices del pasado. Allí estaba toda la familia: el abuelo, papá Rudolph y Heinz sonriente y mamá Eva sonriente y todos, todos sonreían y reían e irradiaban felicidad y paz. La mirada de Lotte se paseó por las paredes y acarició como un rayo de luz las sonrisas de las fotografías. Suspiró, y lanzó un par de pedazos de madera al fuego. Sería fantástico que los niños se durmieran, pero seguían despiertos. Esperaban a que tía Lotte retomara el cuento interrumpido. Siempre estaba contándoles historias en un intento de engañar al hambre que tenían, de engañar al frío; pero no lo conseguía. Hacía tiempo que el frío se había colado por todas partes, también en la sangre, y el hambre roía desde dentro como un implacable fuego de hielo imposible de extinguir; tal vez jamás se apagaría. Los niños ya no recordaban un tiempo en que se sintieran saciados. Y no importaba qué cuento les contaran: todos trataban sobre pan, carne, nabos, comida.

Y Eva seguía sin volver. Al otro lado de las paredes de la leñera aullaba y silbaba la ventisca. A través de su furia se oían a lo lejos disparos aislados. En algún lugar se peleaban unos perros.

—¿Cuándo vendrá mamá? —preguntó Renate.

—Ya vendrá, ya vendrá... Entonces, Hansel se levantó esa noche y salió a escondidas para que su madrastra no lo oyera. La luna brillaba en lo alto del cielo, su luz jugaba sobre el camino adoquinado y los guijarros brillaban como botones. Hansel se dijo: «Me llenaré los bolsillos de todos esos botones de luna». Dicho y hecho: se llenó los bolsillos de brillantes guijarros y se fue a dormir. A la mañana siguiente, la madrastra fue a despertar a los niños: «Arriba, perezosos, vamos al bosque a cortar leña, que ya casi no queda»...

—¿Cuándo vendrá mamá? —preguntó Helmut.

—Ya vendrá, ya vendrá... Paciencia... Y todos se fueron al bosque. Gretel los seguía llorando en silencio y se preguntaba qué sería de ellos y si la madrastra planeaba abandonarlos en el bosque. Hansel, sin embargo, avanzaba seguro, parecía despierto y feliz. Cada pocos pasos iba arrojando al camino los guijarros que había recogido la noche anterior. En el bosque, el padre ordenó a los niños que buscaran ramas y encendieran una hoguera. «Ahora», les dijo la madrastra, «descansen aquí junto al fuego mientras su padre y yo vamos a cortar leña. Pero no se alejen de la hoguera, porque se los pueden comer las bestias del bosque...»

—¿Cuándo vendrá mamá? —preguntó Monika.

—Ya vendrá, Monika, ya vendrá... La madrastra y el padre se internaron en el bosque y dejaron a los niños junto al fuego. Sin embargo, no cortaron leña, solo ataron un tronco a un árbol. El viento hacía chocar el leño contra el árbol y sonaba como si en el bosque resonaran los golpes de un hacha. Los niños tenían mucha hambre, hacía tiempo que no se llevaban ni una migaja de pan a la boca, pero sabían que el sueño vence al hambre: te duermes y las ganas de comer desaparecen. Así que cayeron dormidos y durmieron tranquilos y calentitos junto al fuego hasta la medianoche...

—Quiero comer..., quiero comer... —empezó a lloriquear Helmut.

—Ahora vendrá mamá y traerá algo de comida, hay que tener paciencia...

—Quiero comer.

—Escucha el cuento hasta que vuelva mamá... Duérmete...

—No quiero más cuentos..., quiero pan...

La hermana mayor no fue capaz de soportar más los continuos gimoteos de Helmut.

—Duérmete y deja de molestar. ¿O crees que los demás estamos mejor que tú? ¿Crees que tú tienes más hambre que nosotros?

38

—Helmut, todos queremos comer, pero hay que tener paciencia. Mañana iremos todos a buscar pan y lo encontraremos, seguro que sí. O tal vez mañana regrese de Lituania tu hermano Heinz y traiga de todo, muchas cosas de comer. Pero ahora duérmete, duérmete, pequeño...

—¿Y si el lobo se comió a Heinz en el bosque?

Lotte llenó una taza de agua hervida y se la ofreció a Helmut.

—Ya hace tiempo que no hay lobos, solo existen en los cuentos. Ahora las personas son los lobos... Bébete el agüita, te calentará, es más fácil dormir con el estómago caliente...

Helmut obedeció.

Entonces los otros niños también pidieron un poco de agua caliente.

Oscuridad... Aunque en invierno nunca estaba oscuro del todo, la nieve rechazaba los ataques de la noche con su blancura. Eva corría. Resbaló, se cayó, se levantó y prestó atención a los ruidos por si la seguían, por si se oían gritos y disparos. Era difícil orientarse en medio de la ventisca y por la noche, pero comprendió que la franja iluminada sobre los tejados era el cuartel general del ejército ruso, instalado en lo que fue una escuela. Eso significaba que ahora tenía que girar a la izquierda y tomar el estrecho camino que discurría entre varias casas hasta llegar a la calle principal del pueblo. Después solo tendría que atravesarla y ya casi estaría en casa.

La nieve empujada por el viento se le pegaba a los ojos. Eva oprimió contra el pecho el preciado saco con las cáscaras de papa; debía llegar a casa, cuanto antes. Dobló la esquina y de pronto se topó con unos soldados rusos que fumaban en la calle. Eva se sobresaltó un instante, pero luego echó a correr y se sumergió en la negrura. Avanzó tan rápido como pudo, dejó las casas atrás y llegó al final de la calle sin aliento, dobló a la derecha para confundirlos, porque los soldados la habían visto, le gritaron algo en ruso, le silbaron, tal vez soltaron alguna palabrota, tal vez simplemente se sorprendieron: «Miren, una chica, una alemana, no está nada mal, adónde vas tan deprisa, puta; espera, adónde vas, no te haremos nada malo, ya verás qué bien la vas a pasar; eh, chica, detente».

Ya estaba muy cerca de su patio, muy cerca de sus hijos. Se detuvo y se arrimó a la pared del establo, escuchó, pero el corazón le latía con tanta fuerza que no oía nada. Tenía miedo, pero también frío. Empezó a desesperarse; cuánto tiempo sería capaz de esperar, de quedarse allí escondida cuando a su alrededor aullaba el viento en todas las direcciones. Hacía tiempo que no sentía nada en las mejillas, se le habían congelado mientras erraba en la noche, mientras huía de sus perseguidores.

Tía Lotte seguía con el cuento de Hansel y Gretel, ahora estaba contando cómo Hansel dejaba caer las migajas de pan por el camino para no perderse.

—Yo no dejaría caer las migajas de pan —dijo Helmut—, yo me las comería. Una vez, el abuelo me untó de miel una rebanada de pan así de grande, pero yo no la quería, y el abuelo dijo que llegaría un día en el que haría caca y me daría hambre, pero entonces no habría nada que comer...

—No digas palabras feas —le reprendió tía Lotte.

—¿Cómo lo sabía, tía Lotte? —preguntó Helmut—. ¿Cómo sabía que llegaría un día en que tendríamos tanta hambre?

—¡Cállate! —gritó Brigitte—. ¡Cállate! Todos tenemos hambre, ¿por qué eres el único que lloriquea y lloriquea? ¿Por qué eres el único que no se calma? Ya te dijeron que mamá vendrá y traerá algo de comer. Duérmete, porque de verdad que ya no aguanto más, te voy a arrancar una oreja, verás cómo me pongo cuando me enojo.

—Niños, niños, no se ofendan, no discutan, intenten dormir, ahora no podemos pelearnos, no podemos hacernos daño, tenemos que ayudarnos, solo así, solo así sobreviviremos, solo ayudándonos los unos a los otros...

—Shhh, ¿oyeron eso? —preguntó Renate. Todos atendieron.

Sí, eran pasos, pasos apresurados, crujidos en la nieve; sí, no se equivocaban, era mamá, ya volvía. Tía Lotte se acercó a la puerta.

—¿Quién es?

—Soy yo, Lotte, soy yo.

Detrás de la puerta se oyó la voz amortiguada de Eva. Lotte abrió y mamá Eva entró acompañada de un remolino de nieve. Lotte se apresuró a cerrar la puerta. Eva se desplomó frente a la estufa de hierro.

—Traje... Traje algo, Lotte...

—¿Qué te pasó? ¿Qué ocurrió, Eva? —preguntó Lotte en voz baja.

—Empezaron a seguirme, me seguían, no sé si me

habré librado de ellos. Unos soldados nos seguían, perdí a Martha.

—¿Acaso no te lo dije, no te dije que no fueras así por el pueblo? Ven aquí ahora mismo, mánchate la cara...

Lotte agarró un puñado de cenizas y porquería del suelo y embadurnó a Eva: la cara, las manos, la ropa, el cuello, pero sobre todo la cara...

—Te dije que debías tener cuidado, esconderte, ir sucia, ahora es mejor que apestes, que parezcas una bruja arrugada, y ni se te ocurra mirarlos a los ojos...

Renate las observaba; mamá cada vez estaba más sucia. Se echó a reír.

—Mamá va a parecer una vieja bruja...

—Apaga la vela, apaga la vela, la luz se cuela por la ventanilla de cristal, por cualquier rendija.

Demasiado tarde.

Alguien empezó a golpear la puerta y a darle patadas. Todos se estremecieron. Eva se aplastó contra la pared y los niños se encogieron hasta formar un ovillo, se abrazaron los unos a los otros.

Lotte abrió la puerta.

Tres soldados entraron de sopetón. Una luz cegadora rasgó la oscuridad: uno de los intrusos llevaba entre las manos una linterna magnífica, producto de algún botín.

—Vaya, ¿cómo están, fascistas? ¿Todo bien? ¿Qué hacen aquí a oscuras? ¿No estarán intentando esconderse?

El rayo de luz bailó de un lado a otro arrancando

de la oscuridad los rostros asustados. El círculo de luz se detuvo al descubrir a Eva.

—Qué te parece, al final resulta que estos alemanes son como bestias repugnantes, ni se lavan, mira qué bruja apestosa.

El soldado le dio a Eva una patada en el costado y se rio.

Otro jaló la sábana con la que se cubrían los niños. Estos se apretujaron entre sí encogidos de miedo, se abrazaron. Helmut empezó a sollozar y a gimotear como un animal apaleado.

Lotte se arrojó a los pies del soldado, le agarró las manos, se las besó e imploró en ruso entrecortado:

—No toquen a los niños, no toquen a los niños, señores soldados, por amor de Dios...

El soldado se echó a reír:

—Vaya, vaya, mira qué rápido aprendiste ruso, puta...

Empujó a tía Lotte con el pie mientras otro soldado arrancaba de entre los demás niños a Helmut, que no dejaba de llorar.

—¡Cállate, pequeña rata!

Lo lanzó sobre la cama. Luego agarró a Brigitte de una mano, la arrancó de Monika y de Renate, la jaló y la levantó de la cama. Todos se abalanzaron a defender a Brigitte, llorando y suplicando. Hasta Helmut se abrazó a la bota del soldado y gritó la única palabra que sabía en ruso:

—*Spasibo, spasibo, spasibo...!*

44

Tía Lotte casi colgaba del brazo del soldado. Este lo sacudió y se liberó de ella. Después blandió la carabina y le asestó un fuerte golpe en la cabeza con la culata del arma. Lotte se derrumbó como muerta.

Los niños chillaron aún más, lloraron, suplicaron. Eva sintió que le faltaba el aire. Apretó a Brigitte contra sí, la abrazó:

—Mátenme a mí, mátenme.

La cabeza le daba vueltas por el hambre y la desesperación, las imágenes empezaron a desdibujarse, se nublaron.

Nadie había notado que la vela volvía a arder en la leñera. La había encendido el tercer soldado, que paseaba la mirada por la humilde vivienda. Observó las fotografías que colgaban de las paredes y sonrió como si recordara algo. Prendió una papirosa y se retorció entre dos dedos las puntas de un bigote poblado. Luego se giró a mirar lo que ocurría, como si no se hubiera percatado hasta ese momento de los gritos y las súplicas. Tenía el rostro avejentado, arrugado y cansado. Había sobrevivido a batallas, había visto a amigos heridos y muertos, miles de cadáveres. Había yacido en las trincheras sobre un charco de su propia sangre, sin esperanzas, cubierto casi por completo de tierra. En voz alta y clara, imperiosa, dijo:

—Déjala. —Sin embargo, nadie lo oyó, así que agarró con fuerza por el hombro al soldado que jalaba a Brigitte y lo sacudió—. Suéltala.

—¿Por qué? —preguntó el soldado—. ¿Por qué tengo que soltar a esta alemana?

—No es más que una muchacha, una niña —contestó el primero, de más edad—. Acuérdate de tu hermana, Vania.

—¡Hay que matarlas a todas, estas cerdas fascistas! —gritó Vania—. ¡Crecerán y parirán fascistas...!

—¡Pero somos personas, somos personas! —le gritó el viejo directamente al oído.

Se miraron un instante a los ojos, amenazándose, pero Vania soltó a la niña.

Luego se limitó a tirar al suelo de una patada la tetera de agua hervida que descansaba sobre la estufa de metal. Contempló a la asustada familia con mirada ebria y se fue. Lo siguió el segundo soldado.

El viejo se quedó unos segundos más y habló. En alemán:

—Mánchala también a ella. También es una mujer.

—*Spasibo, spasibo* —susurró Lotte—, *spasibo*.

El soldado salió y todos se arrojaron sobre tía Lotte. De la cabeza le corría un hilo de sangre y tenía un ojo hinchado.

Todos se abrazaron.

—Ya pasó..., niños..., mamá ha traído... algo de comer... Ahora les preparo algo —dijo tía Lotte.

Amanecía. A lo lejos se oyó el traqueteo de un tren.

Los niños se habían dormido, también dormía Lotte. Solo Eva miraba al vacío sentada frente a la estufa, sin pensar en nada. Al cabo de un rato abrió la puertecilla de metal de la estufa y arrojó un par de leños más. El fuego tranquilizaba. Las llamas consolaban. Eva pensó en Rudolph, en sus padres, en todos los seres cercanos a quienes no veía desde hacía tanto tiempo y que quizás no vivieran ya. De pronto sintió deseos de ver sus ojos, sus caras, sus sonrisas. Apagó la vela y, con cuidado para no despertar a los que dormían, sacó una cajita de madera de debajo del camastro de tablas. La abrió. Eran cartas. Las ordenó, las olió... Olían a paz y a un tiempo pasado. «O tal vez solo me lo parece a mí, tal vez solo sea mi fe infantil», pensó Eva. Sacó unas pocas fotografías. En una de ellas estaba su marido con el uniforme de guerra. Tan masculino, tan guapo. «¿Dónde estás, dónde te acuestas, qué comes, qué canciones oyes, estás vivo, te acuerdas de nosotros?» No podía creer que esa persona, su amante, el padre de sus hijos, yaciera tal vez desde hacía tiempo en alguna cuneta de la guerra. No quería ni pensar en ello. Tenía que estar vivo, se encontrarían el uno al otro, por qué no, por qué iba a morir justo él. La gente siempre se había ido a la guerra, pero luego muchos volvían. Aunque lo hicieran como perdedores.

Eva miró la fotografía. Luego a Helmut, que dormía, a las niñas y a Lotte. Sonrió abstraída. Oyó de nuevo el traqueteo de un tren en la lejanía.

La noche comenzaba a retirarse, poco a poco se calmaba la ventisca. Enseguida se haría de día.

En medio de los remolinos de viento y nieve que todavía parecían desperezarse aquí y allá antes del descanso diurno, una pequeña figura se acercaba solitaria desde la estación de ferrocarril. Era Heinz. Regresaba de Lituania con un saco de lino colgado del hombro.

Caminaba con prisa a pesar de que estaba agotado.

El pequeño y solitario viandante desapareció en la noche tal y como había aparecido.

Eva se miró en el trozo de espejo. Se había peinado y quitado algo de la porquería que Lotte le había pasado por la cara. Con qué rapidez le habían dibujado los acontecimientos arrugas en la frente y alrededor de los labios; había envejecido. Debería dormir, echar más madera en la estufa, acurrucarse junto a los niños y dormirse. Sin embargo, Eva sabía que no dormiría, que no conciliaría el sueño. Tenía que cuidar a los que dormían. Pensó en su hijo mayor, Heinz, que deambularía en la noche pensando en ella, en su madre, en su hermano y en su hermana. Su corazón de madre sentía que estaba vivo, tenía que estar vivo. Y no porque debía traer comida de Lituania, no por eso.

Eva notó que clareaba. La ventisca había amainado, ya no se le oía silbar. Por la ventanita caía la primera luz de la mañana. Reinaba el silencio en derredor, como si estuvieran bajo el agua. Como si Eva hubiera naufragado hacía tiempo y se peinara el cabello cual sirena sentada en su enorme concha. Con dedos temblorosos y cerúleos, casi transparentes, volvió a tocarse los rizos de aquel rojo resplandeciente que tanto le gustaba besar a su Rudolph. «Dónde estará, dónde estará, dónde estará...» Se le encogió el corazón. El dolor era insoportable. Eva pensó que en cualquier momento se le iría la cabeza, perdería el juicio, se volvería invisible, saldría a la calle llorando y dando gritos. Le encantaría llorar, pero dónde estaban ahora sus lágrimas, dónde... Cerró los ojos y bajó la cabeza. Debía concentrarse, tenía que cuidar a sus hijos. Antes podía abrazarse a los hombros de Rudolph y no temer nada. Qué poco hacía que era su niña y ahora tenía que ser madre; no había tiempo para compadecerse de sí misma. Volvió a meter las cartas y las fotografías en la caja y la devolvió a su escondite bajo el catre de tablas.

Comenzó a rezar sin darse cuenta, por Rudolph, por Heinz, por los niños, por sí misma. De pronto, oyó algo en el silencio de la mañana. Alguien caminaba, se acercaba con pasos pesados, casi arrastrando los pies. La nieve crujía, enormes copos de nieve se quebraban. Era su hijo. Eva sintió que se le helaba la sangre. Escuchaba y esperaba, escuchaba y esperaba.

Los pasos se acercaron.

Se detuvieron ante la puerta de la leñera.

Helmut gimoteó en sueños.

Llamaron con los nudillos, débilmente. Eva se levantó del camastro y se tambaleó hasta la puerta a causa del hambre y el cansancio. Descorrió el pasador y abrió.

Entró Heinz; entró su hijo mayor, tan pequeño aún.

—¡Heinz, mi niño, eres tú! ¡Dios mío, qué alegría que hayas vuelto, qué ganas teníamos de verte, temíamos que te hubiera pasado algo, cómo te hemos extrañado!

—No llores, mamá, no llores; soy yo, sí, soy yo, mamá, tu Heinz. ¿Qué tal les va sin mí?

—Estás helado, hijo. Ahora mismo hiervo agua, agua caliente, no hay más, pero mejor agua caliente que nada.

—No hace falta, mamá; apenas te sostienes en pie, mamá, siéntate, lo hago yo, lo hago yo.

Heinz la ayudó a sentarse sobre el catre.

50

—Les he traído algo de comer de Lituania... Mira cuántas cosas.

Eva notó el orgullo en la voz de su niño y un nudo de lágrimas le oprimió la garganta. Las lágrimas que había reprimido todos esos días se desbordaron. Heinz la miró desconcertado.

—No llores, mamá, ahora no moriremos; mira, hay pan y tocino y cebollas.

El chico sacó todo de la bolsa y lo dejó sobre la caja de madera que hacía las veces de mesa: tocino envuelto cuidadosamente en trapos y en papeles, pan, cebollas, un pedazo de queso, papas congeladas, harina en un saquito de papel, trozos de azúcar...

Eva contuvo las lágrimas, mordió una punta del pañuelo que escondía en una mano y miró a su hijo, a su Heinz, un niño todavía.

—Mamá, ¿por qué estás tan sucia?

—Es mejor así, mi niño, es mejor así...

Helmut comenzó a olisquear el aire entre sueños, ya sentía el olor a comida. Se despertó y se incorporó sobre la cama. Se frotó los ojos con sus pequeños puños y abrió mucho los ojos para ver a su hermano, dudando si seguiría soñando.

También se despertaron sus hermanas. Saltaron de la cama y corrieron hacia Heinz para abrazarlo. Sentado junto a la estufa, estaba él, henchido de orgullo, como si fuera un auténtico cabeza de familia.

Tía Lotte también se despertó.

Se hizo una algarabía. Todos elogiaban a Heinz,

51

todos estaban felices y asombrados ante el éxito de su viaje. Después de cubrirse la cabeza con un pañuelo para ocultar el ojo hinchado, tía Lotte empezó a zumbar de un lado a otro ufana como una abeja. Salió a recoger nieve y la derritió en la estufa, que echaba humo. Nadie pensaba ahora en ahorrar madera. Los niños probaron enseguida el pan y el queso y ahora esperaban con ilusión las aromáticas tortitas hechas con harina de verdad.

Heinz hablaba y hablaba, pero Eva sentía que su hijo escondía lo peor, las cosas horribles, desagradables, las humillaciones que había vivido, el miedo que había sentido por las noches, en pleno invierno, en medio del bosque, en un país extranjero, helado de frío y hambriento. No, su hijo no contaba esas cosas, no; no quería asustarlos, porque comprendía que la vida en casa tampoco era fácil, tal vez incluso más difícil; por algo tenía su madre la cara sucia de hollín, por algo tenía Lotte un ojo hinchado. Heinz lo entendía todo.

—Al principio pedía en ruso, como sus soldados: *jleb, salo,* pan, tocino, pero no me daban mucho... Me miraban con desconfianza, enfadados. Entonces empecé a pedir en alemán. No sé, quizás las personas eran diferentes, quizás porque hablaba en alemán, el caso es que ya no me echaban de inmediato... Parece que allí sienten más respeto hacia nosotros, los alemanes. Claro que tuve que trabajar... Allí la vida es dura, las cabañas son pequeñas y oscuras, muchas veces sin suelo... Imagínense: las gallinas se pasean dentro de las casas... Pero la gente es buena y hay de comer: pan, leche, tocino... Nadie se muere de hambre. Tampoco a ustedes les faltará nada ahora, volveré allí otra vez y les traeré más cosas.

En la voz de Heinz se oía un orgullo difícil de ocultar. Eva sonreía. Ojalá Rudolph pudiera ver los hijos tan maravillosos que tenía, maravillosos.

—¡Y yo iré contigo! ¡Y yo! ¡Y yo! —dijeron las niñas.

—¡Yo también!

Helmut no quería ser menos que sus hermanas.

La madre sonreía con tristeza. Acarició la cabeza de Helmut y dijo:

—¿Adónde vas a ir tú? ¿Quién se quedaría conmigo...?

Helmut miró a su madre con seriedad y luego tomó una decisión.

—Está bien, me quedaré una vez más, pero luego iré yo y Heinz se quedará aquí para protegerte.

Todos se echaron a reír, pero no quedaba tiempo para charlas, porque las tortitas de tía Lotte estaban listas. Los niños comieron ansiosos, Helmut hasta se llenaba la boca ayudándose con el dedo.

—Despacio, niños, con calma... Después de pasar tanta hambre les dolerá el estómago —dijo Lotte.

—No —replicó Helmut con la boca llena—, a mí solo me duele la barriga de hambre.

Y se rio.

Heinz se sentó sobre el catre y contempló a su madre, que seguía sonriendo débilmente, y a los niños, que disfrutaban las delicias que les había traído. Su mirada se encontró con la de Eva, y entonces también él sonrió. Luego pareció avergonzarse y se puso serio; empezó a vencerlo el sueño. Por gestos, Eva pidió a los niños que no hicieran ruido y cubrió a Heinz con la cobija.

Heinz abrió los ojos:

—Mamá, cántanos algo...

—Para qué, hijo, qué quieres que cante ahora...

—Canta, mamá, canta —pidió también Renate.

Entonces Eva comenzó una canción triste y hermosa que podría cantar una madre de cualquier nacionalidad.

Renate se colocó en medio de la leñera, levantó los brazos y empezó a bailar al ritmo del canto, un baile de los cisnes lento que ella misma se iba inventando.

Heinz fue cerrando los ojos hasta que se durmió.

La mañana era tranquila, fría y transparente. De la ventisca de la noche anterior no quedaba ni rastro.

La canción de una madre fluía y temblaba en el silencio del amanecer.

Los últimos meses de la guerra y los sucesos que ocurrieron a continuación fueron tan devastadores que costaba creer que todo lo que la memoria arrancaba del pasado fuera verdad. Parecía que nunca hubiera habido paz, hogares tranquilos y acogedores, comida rica en abundancia, un lugar donde vivir al abrigo del frío. Todo quedó destruido en muy poco tiempo, especialmente las relaciones personales. Nadie habría creído que pasaría con tanta tranquilidad junto a los muertos; después de todo, a ellos ya les daba igual, no sentían frío ni dolor. Nadie habría creído que las personas se quedarían abotagadas por la indiferencia y por una extraña desesperanza, casi servil, mezclada con la impotencia, la resignación, el deseo de perder la conciencia, de morir. Eva vio con sus propios ojos cómo, con la llegada del Ejército Rojo y el comienzo de las violaciones, los saqueos y los asesinatos, la gente se adentraba en el Nemunas sin tan siquiera mirar atrás, derecha a las frías aguas del río negro y turbulento. Se ahogaban. Familias enteras. Cuánta angustia y frialdad debían de existir en el corazón de las personas para dirigirse de ese modo a la muerte... Madres que llevaban a sus hijos. El río los engullía hasta la cabeza, se llevaba sus cuerpos hacia el mar. Las aguas de la desesperanza cubrían también el corazón de los que quedaban vivos: todos se preguntaban cómo salvar a su familia, a sus hijos; cómo sobrevivir uno mismo. Para pensar en los demás u ocuparse de ellos —vecinos, conocidos— no quedaba tiempo. Cada uno a lo suyo.

Acostada en el catre y abrazada a Brigitte, Eva recordaba su boda, cómo conoció a Martha, bailarina de la localidad y cantante de voz cristalina. Todos llamaban a Eva «la Berlinesa» y la consideraban una chica rara, de manos blancas no acostumbradas al trabajo en la granja. A los vecinos les pareció extraño que Rudolph tomara prestado dinero y comprara nada más y nada menos que un piano para su mujer. Sin embargo, con Martha, Eva enseguida se entendió bien. Tenía muchas cosas que aprender en aquel pueblo, quería ser una buena esposa, una auténtica mujer de su casa, pero no siempre sabía cómo debía comportarse. El padre de Rudolph fumaba en su pipa y miraba a su nuera con los ojos semicerrados y expresión irónica, aunque también con filosófica indulgencia. Esto la reconfortaba, pero le dolía sentir que todos hablaban y se burlaban de ella a sus espaldas. Rudolph la quería, haría por ella cualquier cosa y le perdonaría lo que fuera, pero Eva sabía que le molestaban las bromas sobre la perezosa y mimada de su mujer. Algunas noches Eva lloraba, Rudolph la tranquilizaba y después hacían el amor, queriéndose cada vez un poco más. Rudolph siempre la apoyaba, la defendía y le enseñaba, con calma, sin agobiarla. Pero su marido no bastaba; no se puede vivir así entre las personas, como si estuvieras en tu isla desierta con tu amigo Viernes. Y entonces Martha entró en su vida. La introdujo en el club de mujeres del pueblo, le presentó a otras amigas, le enseñó cómo llevar a cabo las tareas del hogar, cómo relacionarse con uno u otro vecino y con otras personas de la localidad. Gracias a ella Eva se adaptó, echó raíces en la vida de la comunidad como una planta en un nuevo entorno. Martha se convirtió en una hermana.

56

Y luego llegó la guerra y les arrebató a sus maridos, a los hombres a quienes amaban. Al igual que todas las mujeres de Alemania, ellas también tuvieron que trabajar para el frente, para la guerra, para la victoria, para el Reich, para Hitler. Y durante todo ese tiempo Martha se reía, siempre decía: «Pronto acabará todo, no podrán con nosotras, sobreviviremos a esto». Cada vez que Eva dejaba que la dominaran los nervios y la angustia, cada vez que sentía miedo por sus hijos, por sí misma, por Rudolph..., el único puerto donde hallaba tranquilidad, su refugio, era Martha y su risa. Eva se torturaba pensando: «Cuántas veces me ha ayudado, y ahora estoy aquí acostada mientras ella quizás no tenga ni una migaja de pan, solo las cáscaras de papa de ayer. Y eso si consiguió llegar a casa con ellas; si no se le cayeron mientras huía de esos violadores borrachos. Eso si realmente consiguió llegar a casa. Y yo aquí acostada pensando solo en mí, en mis hijos. Martha nos ha ayudado incluso en momentos difíciles para ella». Incluso cuando llegó el ejército ruso y los arrojó a todos de su casa, cuando les quitaron sus animales y no les dejaron ni la vaca para que los niños pudieran al menos beber leche; cuando les arrebataron todo, se lo llevaron todo. También entonces Martha, que logró mantener por un tiempo con los niños un par de cabras —¡no una sino dos!— en el edificio de la granja al que fueron a parar, compartió la leche con los niños de Eva.

Eva se levantó.

Tenía que ir.

Tenía que ir a ver a Martha.

—Me voy —dijo—. No puede ser que la indiferencia me venza, no debo rendirme a la apatía.

—¿Adónde vas? —preguntó Lotte—. ¿Adónde vas? Descansa, Eva.

—Tengo que ver a Martha, tengo que llevar algo de comer a sus hijos.

—Tus hijos tampoco tienen nada de comer, Eva.

—Los soldados echaron a correr tras ella, me salvó, tengo que ir a verla.

—Voy contigo, mamá —dijo Renate.

—No despiertes a Heinz.

—Yo también voy, ¿me oyes, mamá? Te ayudaré, ¿me oyes, mamá? —dijo Monika.

—Se quedarán aquí, niñas, cuiden de sus hermanos. Háganles un té caliente. Iremos Lotte y yo.

—Yo las acompaño, mamá —dijo Brigitte.

—Pero todas nos mancharemos la cara con hollín —dijo Lotte.

El viento, que se había calmado en las primeras horas de la mañana, estaba recuperando fuerzas y volvía a soplar y a empujar nubes de nieve a ras del suelo, haciéndolas girar en remolinos sobre el lodo helado. En el cielo gris e inquieto tres pájaros negros sacudían las alas en dirección a un destino que solo ellos conocían.

Encorvadas contra la dirección del viento, tres figuras oscuras avanzaban encogidas y tan rápido como podían. Era un camino recto y adoquinado con piedras desbastadas. Tenían que seguirlo varios cientos de metros y luego girar a la izquierda, atravesar el antiguo taller de cardado y ya no faltaría mucho para llegar.

Aparte de los pájaros en el cielo, de las mujeres en el camino y del viento, parecía que en el mundo no quedaba nada más con vida. Después de los disparos y los gritos de la noche anterior, después del acordeón, después del extraño e incomprensible bullicio que atravesó la impotencia del invierno, todos parecían descansar, exhaustos. Las mujeres caminaban más tranquilas; mejor que soplara un viento cortante y frío como el hielo, porque disuadía de salir a todos aquellos con quienes no deseaban encontrarse.

A lo lejos se oyó un zumbido, el rumor de un motor. De modo instintivo, las mujeres se encogieron aún más, se encorvaron para parecer ancianas achacosas arrastrándose apenas por un camino invernal.

El zumbido se fue acercando. Era un camión que avanzaba con pesadez como un escarabajo gigantesco y que, a Dios gracias, no se detuvo, sino que siguió y siguió hasta alejarse. Las mujeres vieron que el vehículo iba lleno de gente aterida y medio muerta por el viaje. Los llevaban a trabajar a algún lugar; ahora ponían a muchos a enterrar trincheras, señales de guerra, heridas de guerra. A estos probablemente los llevaban a las afueras del pueblo.

Las mujeres llegaron al cruce y dieron vuelta a la izquierda. Ya no quedaba mucho, allí estaba el antiguo taller de cardado, después el centro de oración y al lado la plaza del mercado. Detrás de un pequeño arbolado de álamos se alzaba la casa de Martha. O lo que ahora era la casa de Martha: un antiguo anexo de la granja.

Eva, Brigitte y Lotte se acercaron y vieron salir humo de la pequeña chimenea. Esto las tranquilizó un poco, pues significaba que las cosas no iban tan mal.

Lotte tocó con los nudillos y golpeó la puerta.

—Somos nosotras —dijo Eva—. Nosotras.

La puerta se abrió. Las recién llegadas se encontraron con la llorosa Grete, la hija de doce años de Martha y amiga de Brigitte. Tenía la cara hinchada y señales evidentes de haber recibido una paliza.

Las mujeres comprendieron que también allí habían recibido visita la noche anterior. Enseguida cruzaron el umbral para que no entrara aún más frío en la vivienda.

Martha yacía algo alejada de la puerta, sobre un catre de madera colocado frente a una estufa improvisada y envuelta en tantas capas de abrigo como pudieron encontrar. A su lado se acurrucaban en silencio sus hijos: Albert, algo más joven que Heinz, y el pequeño Otto.

Brigitte abrazó a Grete. Eva dijo:

—Les trajimos algo de comer. Heinz ha vuelto de Lituania. Aquí tienen papas, tocino y pan...

Martha continuó inmóvil y, por un momento,

Eva pensó que estaba muerta. Sin embargo, Grete agarró los alimentos, corrió a donde su madre y le dijo:

—Vino tía Eva, mamá, trajo algo de comer...

La mano de Martha se levantó un poco para caer luego sin fuerza. De sus labios salió una voz débil, apenas audible.

—Los niños..., ocúpate de los niños... —dijo.

Llorando, Grete repartió la comida entre sus hermanos y apartó un poco para su madre. Los niños se llenaron la boca a toda prisa, una cosa detrás de la otra, el tocino, el pan y hasta las papas crudas...

—Dejen un poco, dejen un poco para mañana —les dijo Grete en voz baja.

Las vecinas se acercaron.

—Dios mío, Martha. —Las palabras se le escaparon a Eva de los labios.

Martha giró un poco la cabeza, antes tan hermosa y orgullosa, coronada de rizos, resplandeciente, y ahora... una deformidad. Tenía señales de golpes terribles, estaba casi irreconocible, completamente hinchada...

—Mamá, come un poco de pan —susurró Grete entre lágrimas.

—¿Te atraparon los soldados? —preguntó Eva.

—No..., no me atraparon... Vinieron... más tarde... varios... Menos mal que no tocaron a los niños... Solo le pegaron a Grete... por... por intentar protegerme...

—Estuvieron toda la noche, hasta la mañana —dijo Grete—. Yo tapé a mis hermanos con una piel de oveja y les ordené que no miraran, apreté sus cabezas contra el suelo y lloramos mientras lo oíamos todo... Mamá, come un trocito de pan...

—No puedo —murmuró Martha, y de alguna manera consiguió decir—: Me tiraron los dientes a golpes...

—Voy a ablandar el pan en agua, mamá, te haré una papilla, pero come...

—Come, Martha. Heinz ha vuelto de Lituania. Dice que allí hay de todo y que las personas son buenas... Pronto partirá de nuevo. Tal vez podría acompañarlo uno de tus hijos.

—Yo iré con Heinz a Lituania, seguro, díselo —intervino Albert—. Grete se quedará con mamá, ahora necesita su ayuda..., y también mi hermano...

—¿Ves, Martha? Todo se arreglará. El chico irá a Lituania, traerá comida, sobreviviremos. Tú también te recuperarás, Martha, pero tienes que comer o pronto te quedarás en los huesos...

—Gracias, Eva, pero que coman los niños... Ya no tengo ganas de nada... Ya he tenido suficiente... Les pedí que me dieran un tiro...

—Por Dios, Martha, piensa en los niños...

—A mí... ya no me queda mucho tiempo... No puedo... Ya no quiero vivir...

—Pero qué dices, cariño, tienes que vivir, tienes que vivir —dijo tía Lotte.

—Volveremos a reír, llegará el día en que los campos florecerán, en que estos horribles tiempos se acabarán, volveremos a reír. Tu risa, Martha, tu risa maravillosa volverá a sonar tan alto que se oirá al otro lado del río —dijo Eva entre lágrimas.

Sin embargo, ni ella misma creía en sus palabras mientras miraba la boca negra por la sangre seca que resoplaba miserablemente. Ni siquiera era una boca, no era más que una grieta sin labios, una herida.

—No, Eva, mi risa... la han matado...

Una mañana de invierno, temprano. En el terraplén del ferrocarril había un tren de mercancías; varios vagones esperaban en las ramificaciones secundarias. Más tarde los unirían y harían girar la locomotora, porque a partir de allí no podía continuar, los raíles eran diferentes, más estrechos; a partir de allí estabas en Alemania, en Prusia Oriental (ahora este país se llamaba «la guarida de la bestia fascista»). Entonces engancharían la locomotora a la parte delantera del tren —el último vagón pasaría a ser el primero— y este se pondría en marcha, de regreso por el Nemunas y atravesando Lituania al otro lado del río, en dirección a la extensa URSS. El tren avanzaría con pesadez, entre resoplidos, cargado como iba de maquinaria industrial, piezas de mecánica, carbón, muebles antiguos y todo tipo de artículos que formaban parte del botín de guerra. También estarían los vagones de ganado en los que regresarían a sus casas los soldados agotados, pero con esperanza: «Ahora viviremos, ahora que se acabó esta cólera de la muerte, esta guerra que se ha llevado millones de vidas, ahora viviremos».

Quiera Dios que así sea, que no acaben en campos de trabajo, que encuentren vivos a sus seres cercanos, que no encuentren sus casas hechas cenizas, quiera Dios.

Dos figuras pequeñas bajaban en ese momento por una colina; a sus espaldas se encontraba la pequeña aldea. De repente, se dejaron caer sobre la nieve y observaron durante un rato las idas y venidas en torno al tren, vieron a los soldados y a los maquinistas conversando unos con otros, a mujeres con paquetes que pedían que las llevaran a Lituania, o tal vez más lejos. Después, los chicos (se trataba de Heinz y Albert, el hijo de Martha) se levantaron de la nieve. Uno de ellos sacó algo de debajo de una tanqueta destruida y quemada y le hizo un gesto al otro para que lo ayudara. Albert corrió hasta él y entre los dos sacaron con esfuerzo un trozo de lona congelada. Luego esperaron de nuevo. Parecía que los soldados que fumaban en el terraplén no se alejarían jamás, pero... se fueron.

—Ahora —dijo Heinz.

Y, cargados con el trozo de lona, descendieron tan rápido como pudieron en dirección al tren.

Corrieron hasta uno de los vagones, miraron con cuidado a uno y otro lado y se escondieron detrás. El vigilante del ferrocarril comprobaba algo dando pequeños golpes aquí y allá con una herramienta especial a medida que avanzaba a lo largo del tren.

Los chicos esperaron a que el vigilante se alejara y entonces treparon al interior del vagón de carbón.

Con astillas y trozos planos de hierro que sacaron de sus mochilas, se pusieron a cavar en silencio en el carbón. No era tarea fácil con semejantes herramientas, porque el carbón estaba congelado en grandes pedazos. Sin embargo, los niños trabajaron con determinación. Cuando Heinz consideró que ya habían cavado bastante, extendió el trozo de lona y la dobló en dos.

—Ahora acuéstate —le susurró Heinz a Albert casi al oído—. Métete.

Albert se tiró sobre la lona y se cubrió con el otro lado.

—Intenta encontrar la postura en la que puedas aguantar sin moverte el mayor tiempo posible —le recomendó su amigo.

Luego lo tapó de nuevo y empezó a echarle carbón por encima. Cubrió toda la superficie de la lona.

—Albert, levanta ahora la lona, levántala...

—Sí, ahora mismo, ahora mismo —se oyó como de debajo de la tierra.

Con ayuda de Heinz, Albert alzó una de las esquinas. Entonces Heinz se coló por la rendija que había quedado abierta y desapareció también bajo la lona cubierta de carbón.

—Qué duro —dijo Albert.

—Lo importante es que nos pongamos en marcha. Luego podremos salir de aquí, solo que hará mucho frío.

66

Los niños se acurrucaron el uno contra el otro. El aliento hacía subir un poco la temperatura del aire. Se oyeron las risas de algunos hombres, alguien gritó y luego se hizo el silencio. De nuevo llegó el alboroto de un grupo grande de personas, después otra vez silencio...

Al cabo de un rato el tren empezó a moverse.

Las ruedas aumentaron la velocidad.

—Por fin nos vamos a Lituania —dijo Albert—. ¿De verdad hay allí de todo?

—Ya lo verás, no hagas más preguntas. Intentemos dormir un poco...

El tren que llevaba a los niños a Lituania avanzó entre resoplidos por los campos invernales, rodeó una colina, atravesó el río y se sumergió en un túnel.

Renate se había cansado y, con respiración entrecortada, observaba ahora los juegos de los niños —Monika, Helmut y ese muchacho—, sentada sobre el neumático de un camión. Lanzaban una pelota de aquí para allá jugando a algo nuevo que su amigo les explicaba por gestos y en un idioma incomprensible para ellos. Apareció hacía varias semanas. Llegó de lejos, de Rusia, y su familia se estableció en la antigua casa del pastor. La casa era enorme, aunque a finales de la guerra una bomba había destruido una parte y matado al pastor. La familia de este, al igual que otros muchos, se fue cuando se extendió el miedo incontrolable, cuando todos huyeron en dirección a Alemania. Pensaban que lograrían escapar del Ejército Rojo. Quién sabe dónde estarían ahora esos refugiados. Renate no pensaba en todo eso, simplemente observaba a su hermana y a su hermano y al pequeño ruso. Su primer encuentro no había sido muy agradable, porque al principio pareció tener mal carácter, atacó a Helmut, lo tiró a la nieve, le aplastó la cara contra la tierra helada y le gritó algo mientras lo ahogaba. Renate se abalanzó a ayudar a su hermano, pero los niños que pasan hambre no tienen mucha fuerza. Menos mal que Brigitte estaba cerca. Brigitte puso en su lugar a ese rusito. Helmut tenía un labio roto, pero dijo que el niño lo había atacado por la espalda, de manera inesperada; si no, él también le habría dado una buena paliza. Renate sabía que Helmut se había sentido humillado; los chicos se sentían así cuando perdían una pelea. Ni siquiera estaba claro el motivo del conflicto, porque el niño no sabía alemán, ni ellos ruso. Sin embargo, aunque ese primer encuentro fue un fracaso, luego empezaron a llevarse mejor, y una vez, incluso, la madre del chico les dio pan. Era una mujer de rostro fino y expresión triste. *«Maine Papa kaputt»*, decía el niño. Su madre lo llamaba: «¡Borís, Borís!», de modo que ellos empezaron a llamarlo así también.

Renate contemplaba a los niños, la nieve, el día que se iba tiñendo de azul oscuro. La noche se acercaba poco a poco, deslizándose como un caracol de gran tamaño. Sabía que en casa todavía quedaba algo de lo que Heinz había traído. Le encantaría comer ahora una rebanada de pan con mantequilla; había olvidado el sabor de la mantequilla y, aunque intentaba recordarlo, solo le venían a la mente el calor de la casa y el carraspeo del abuelo mientras tallaba silbatos de madera con un cuchillo afilado. «Ay, lo que daría por una rebanada de pan con mantequilla. Una rebanada bien grande. O aunque fuera una pequeña. O la mitad de una pequeña. Dios, ¿volverá a haber en algún momento pan con mantequilla?»

Los dos chicos dejaron la pelota tirada en la nieve y treparon al interior de un camión que se encontraba en el patio de aquella casa abandonada, como un animal herido o muerto. No tenía ruedas y una de las puertas se había desprendido. Ahora había muchas piezas de maquinaria rotas y abandonadas; camiones estropeados, tanques bombardeados que habían estallado en pedazos, marañas de hierro cuya utilidad era incomprensible para los niños. Los muchachos jugaron a que conducían el vehículo y alguien disparaba sobre ellos; se escondieron en la carrocería del camión armados de palos que hacían las veces de rifles. Después, Borís se metió en la cabina, dio unas cuantas vueltas al volante mientras imitaba el ruido de un motor y saltaba sin parar: su vehículo atravesaba silbando los campos en guerra mientras él disparaba contra fascistas, bajaba las hondonadas más profundas y subía las pendientes más inclinadas.

Mientras tanto, Monika se coló en el edificio medio derruido y desapareció por un tiempo. De repente sacó feliz la cabeza y gritó:

—¡Renate, ven, mira lo que he encontrado!

Renate se acercó y pasó entre las vigas derrumbadas del edificio. Ya estaba dentro. Faltaba el tejado y el interior también estaba nevado, pero allí había tablas, madera, justo lo que necesitaban para la estufa. Renate pensó: «Reunimos leña y nos vamos a casa, y allí tía Lotte habrá preparado algo de comer con lo que trajo Heinz. Y tal vez mamá haya conseguido alguna otra cosa en el comedor militar». No podían volver antes a casa, porque cuando estaban en casa sabiendo que había papas y pan y tocino..., el hambre se volvía insoportable y sus súplicas hacían perder la paciencia a Lotte.

—Vayan a recoger leña —les había dicho tía Lotte—. Y no vuelvan enseguida. Prepararé algo de comer, pero para cenar.

Renate se preguntaba si sería ya la hora de cenar. El día oscurecía, así que debería de serlo.

—Mira —dijo Monika, al tiempo que levantaba una especie de tapa de madera. Bajo ella apareció un montón de objetos y de armas. Monika tomó un rifle entre las manos, toqueteó algo y de repente se oyó un disparo ensordecedor. Asustada, la niña dejó caer el arma; no podía respirar, las manos le temblaban.

—¡Ha saltado entre mis manos! —le dijo a Renate—. Son armas de verdad. Sí, de verdad. Qué ruido, todavía me pitan los oídos.

El disparo atrajo a los niños.

—¿Quién ha disparado?

—Monika.

—¿Monika?

—Miren.

Monika levantó las tablas. Borís dejó escapar un

71

silbido y en sus ojos centellearon chispas maliciosas. Tomó un fusil y se lo colgó del cuello; pesaba tanto que jalaba al chico hacia abajo. Borís apuntó a la pared de ladrillos y presionó el gatillo. Fragmentos de barro llovieron por todas partes. El ruido fue tan insoportable que los niños se agacharon con las manos en los oídos.

Borís se echó a reír. Estaba feliz. Le gustaban las armas, le gustaba disparar con ellas. Les mostró a los otros niños cómo los disparos hacían temblar las manos y siguió riéndose satisfecho. Después disparó una vez más. Cuando se hizo de nuevo el silencio, Renate le gritó que soltara el arma, que dejara de disparar, que tenía miedo y le dolían los oídos, pero, por supuesto, Borís no la entendía. Y si la hubiera entendido, ¿por qué iba a hacerle caso a una niña alemana?

Renate y Monika salieron corriendo de la casa. La pelota seguía en la nieve. Monika le dio una patada y dijo:

—No debería haber mostrado esas armas a nadie.

Los dos chicos se quedaron dentro, pero no se produjeron más disparos. Renate gritó:

—¡Helmut, Helmut! Vámonos a casa. Agarremos algunas tablas y nos vamos a casa.

—Ahora —replicó Helmut.

Entonces aparecieron cargados de armas y otras cosas. Esas otras cosas eran granadas.

—Bomba, bomba —decía Borís.

—Helmut, devuelve todo eso a donde estaba —le ordenó Monika con severidad.

—No me digas lo que tengo que hacer —protestó Helmut.

—Se lo voy a contar todo a mamá, verás lo que es bueno —dijo Renate.

—Cállate, tonta —contestó Helmut.

Borís dejó caer todo en un montón, levantó el fusil, apuntó con él a la niña y empezó a gritar:

—¡Arriba las manos! ¡Arriba las manos!

—Suelta ese fusil —le ordenó Monika, pero Borís no la entendía.

El chico se giró hacia el camión sin neumáticos y apretó el gatillo. El fusil tembló entre sus manos y las balas salieron silbando acompañadas de un terrible estallido. Borís apuntó hacia los cristales de la cabina y disparó hasta que no quedaron más proyectiles en el cargador. Luego arrojó el arma. A todos les zumbaban los oídos, las niñas estaban asustadas, pero Borís parecía feliz y satisfecho, como poseído por una euforia salvaje.

Helmut se rio en un esfuerzo por no ser menos que su amigo, aunque probablemente el miedo le paralizaba el corazón y deseaba que Borís dejara de disparar. Pero bajo ningún concepto se traicionaría revelando que era tan miedoso como una niña. El camión contemplaba a los niños con sus cuencas de cristal vacías.

Borís no volvió a disparar. Comenzó a apilar madera para hacer una fogata. Recogió tablas. Helmut lo ayudó. Entre los dos llevaron un montón de paja vieja y los restos de un colchón y lo tiraron todo sobre la pila. Borís sacó unos cerillos y le prendió fuego. Las llamas enseguida brillaron, el atardecer descendía poco a poco sobre sus cabezas. Las niñas se calentaban las manos frente al fuego. De repente, Borís les dijo algo y luego las amenazó con el dedo y las llevó a un lado, bastante lejos, les ordenó por gestos que se tiraran y se pusieran bajo refugio. Él volvió sobre sus pasos, agarró una granada y la arrojó al fuego; después corrió a donde estaban las niñas. Helmut no comprendía bien lo que ocurría. Renate empezó a gritarle:

—¡Helmut, Helmut, ven con nosotros, corre!

Monika también lo llamó:

—¡Corre, Helmut!

Sin embargo, el niño, inseguro, no se movió. No quería parecer un cobarde ni que descubrieran que no entendía por qué sus hermanas y el ruso le ordenaban esconderse, así que guiñó divertido el ojo y se quedó donde estaba.

—¡Ven aquí ahora mismo, idiota! —le gritó Monika.

—¡Yo no soy ningún idiota! —contestó Helmut.

—¡Bomba, bomba! —gritó Borís—. ¡Pronto bum, pronto bum!

Aunque parecía no creerles aún, Helmut empezó al fin a caminar hacia las niñas y su amigo. Avanzaba despacio, arrastrando un pie detrás de otro. Sus hermanas lo seguían enfadadas con la mirada.

Por fin se acostó detrás del montón de piedras.

Se encontraban a unos veinte o treinta metros de la fogata.

Esperaron.

El tiempo pasaba.

La explosión no llegaba.

De vez en cuando Borís levantaba la cabeza para mirar: el fuego seguía ardiendo, pero no ocurría nada. Transcurrían los segundos y empezaban a tener frío tirados en la nieve.

—Quizás no explote —dijo Monika.

—¿Quién les ha dicho que eso era una bomba? —preguntó Helmut—. ¿Cómo sabe este ruso que era una bomba? Puede que solo sea un cacho de hierro.

Borís perdió la paciencia, tomó una piedra y la arrojó hacia el fuego, pero estaban lejos y no era fácil acertar. La piedra cayó a un metro de la hoguera. Entonces Helmut lanzó un trozo de ladrillo, pero este quedó aún más lejos del fuego.

El tiempo seguía pasando, la oscuridad del atardecer se cerraba en torno a ellos. Borís salió del escondite, levantó un palo largo y empezó a acercarse con cuidado. El fuego llameaba y en sus fauces se veía la granada con claridad. O quizás no era una granada, quizás no era más que eso: un trozo de hierro. Despacio, Borís estiró el palo e intentó tocar esa cosa del demonio que se negaba a explotar.

No le dio tiempo.

El estallido fue tan fuerte, tan ensordecedor, que

Renate tuvo la sensación de haberse dormido y despertar al cabo de un instante. Una nube de humo se extendió por todas partes. Poco a poco fue muriendo el zumbido en sus oídos. Helmut dijo algo y ella empezó a percibir los sonidos, oyó los gemidos de su hermano:

—¿Qué vamos a hacer ahora? ¿Qué vamos a hacer ahora?

—¡Cierra la boca, idiota! —le gritó Monika—. ¡Cierra la boca!

Renate se sentó. La cabeza le daba más vueltas de lo habitual.

Los niños se acercaron a la fogata y vieron que ya no había fogata, tampoco estaba Borís. Era como si alguien hubiera soplado las cenizas de la palma de una mano gigante. Solo quedaba el suelo. Un círculo perfecto sobre la nieve, un hoyo de poca profundidad y nada más. A poca distancia se distinguía algo que parecía sangre y una camisa; sí, tal vez fuera una camisa.

—Miren —dijo Monika.

Sobre la nieve pisoteada y mezclada con hollín y tierra yacía una cosa extraña. Como un animal pequeño y feo sin vida, con las patas estiradas.

Renate comprendió: era la mano de Borís.

Se quedaron mirando la mano y sintieron que un vacío crecía en su interior, los roía por dentro, ahogaba sus voces, su respiración. La mano arrancada del niño era real y de una blancura espantosa. Como si fuera de mentira.

Pasaron unos momentos interminables. De repente, Renate comprendió lo que debían hacer. Se agachó, tomó la mano y, sin decir nada, salió del patio abandonado. Monika y Helmut la siguieron. Renate no tomó la dirección hacia su casa. Caminaba a pasos cortos, deprisa, casi corriendo, resbalando y tropezando con la nieve, en dirección al último lugar en el que los niños deseaban estar, no querían ir allí, pero siguieron a su hermana como hipnotizados.

Llegaron a la casa del pastor, con la mitad derruida por la bomba que cayó del cielo. Un farol ardía en el porche: la electricidad había vuelto a la casa. Renate se detuvo al llegar al borde del círculo de luz. A sus espaldas se detuvieron Monika y Helmut. Se quedaron allí inmóviles, observando los copos de nieve que revoloteaban en torno al farol como pequeñas moscas blancas. El viento empezó a soplar con más fuerza y el farol se meció en su grueso cable. Del interior de la casa llegaba de vez en cuando la melodía de un gramófono y voces, alguien se rio, alguien contaba algo, chistes, al parecer; posiblemente bebían vodka o algún vino requisado como botín.

Fuera el viento era cada vez más fuerte.

Renate avanzó, entró en el círculo de luz y dejó la mano sin vida de Borís sobre el porche, justo debajo del farol. Esperó un momento y luego se sumergió en la oscuridad.

Sus hermanos echaron a correr tras ella.

Avanzaron en silencio. Cada uno iba sumido en

sus pensamientos, pero todos pensaban en lo que había sucedido.

En Borís.

¿Cómo le explicarían a mamá que habían estado explotando proyectiles, que dispararon con un rifle y que, en lugar de llevar madera para la estufa, ahora no llevaban más que malas noticias?

Renate se sentía como si estuvieran en un sueño extraño, como si hubieran caído en otro reino, igual que le pasó a aquella niña que acabó bajo tierra y que se encontró con un sombrerero y con una liebre que tomaban el té. El camino de la antigua casa del pastor hasta su leñera era bastante largo y la noche los había sorprendido al fin. Costaba distinguir un poste de madera o la pieza destrozada de un coche de una persona, pero los niños avanzaban con rapidez. Conocían muy bien el lugar donde vivían, incluso ahora, incluso en el estado en que se encontraba: destruido, hecho pedazos, quemado. Todos los días correteaban por los rincones en busca de madera y cualquier cosa que pudiera ser de utilidad en su miserable situación.

Por fin llegaron a casa. Esperaron un momento antes de entrar en la leñera. Debían hablar, decidir qué le dirían a mamá, qué le contarían. Sin embargo, lo que había ocurrido era tan horrible que comprendieron que no podían mentir.

Dentro les esperaba una sorpresa. La leñera estaba llena de gente. En el catre de madera yacía la vecina

Martha, boca arriba y con la mirada clavada en las tablas del techo.

—Ya no puedo más, ya no puedo más —susurraba Martha a través de sus labios resecos. La cara seguía hinchada, apenas se le veían los ojos.

—Menos mal que ya están aquí —les dijo a media voz tía Lotte—. Tenemos invitados. Viviremos juntos, habrá que apretujarse, pero pasaremos menos frío.

La buena de tía Lotte intentaba bromear. Tan seria y severa, pero en el fondo llena de compasión por cualquiera que sufriera una desgracia. Y ahora las desgracias les ocurrían a todos.

—Los han echado del lugar donde vivían —les contó Brigitte a los niños—. Imagínense. Lo demolieron con un tractor. Quizás no fue a propósito, quizás estaban borrachos. Podían haberlos matado.

—Los soldados nos echaron. Nos ordenaron que saliéramos —dijo Grete—, y mamá nos dijo que la trajéramos aquí. Casi no puede caminar... Entre Otto y yo la trajimos en un trineo.

Martha cerró los ojos, se revolvió y soltó un gemido.

—Le duele, tiene dolores todo el tiempo —explicó Grete entre lágrimas—. Mamá, mamá, aguanta, por favor... Ojalá pudiera sufrir yo lo que estás sufriendo tú.

Otto estaba sentado junto a su madre, como una lechuza con las orejas gachas.

—No puedo más, no puedo más... —sollozó Martha.

—Cómo han podido echarlos, cómo han podido echarlos... —susurró Eva.

—Son capaces de cualquier cosa.

Eva llenó una taza de agua caliente en la que había hervido tallos de frambuesa. El olor a frambuesa se extendió por la estancia.

—Aquí habrá sitio para todos, cabremos de alguna manera, habrá que hacer un esfuerzo... por los niños... Hay que vivir... —dijo Eva; luego le puso a Martha la taza de agua caliente en los labios—. Bebe, bebe té, aunque no sea más que agua caliente, bebe, te calentará, pobre mujer, y duerme, duerme...

El niño miraba a su madre en silencio. Como si no estuviera allí.

Tía Lotte preparó algo de comer con lo que Heinz había traído, y con pieles secas de papa hizo un puré o una sopa, como se quisiera llamar. Todos sostuvieron en alto sus platos y tía Lotte sirvió a los niños de Eva y a los de Martha.

Renate observó a Otto, que comía con ansia, y pensó: «Heinz trajo comida para nosotros y ahora Grete y este pequeño glotón se lo comerán todo».

Por la noche, Renate tuvo un sueño: vio el porche de la vieja casa del pastor. Sobre el suelo caía la luz brillante del farol, los copos de nieve revoloteaban, saltaban, descendían y volvían a ascender. Por todas partes se oían risas y música. La mano de Borís yacía fina y blanca sobre las tablas, pero luego se convirtió en una flor que Renate no había visto jamás, de un olor dulzón y desagradable. El olor hacía que la nieve se derritiera. Sin embargo, enseguida apareció un perro viejo y famélico, que por alguna extraña razón nadie había atrapado todavía, agarró la mano de Borís entre los dientes y desapareció con ella en la oscuridad.

En el aire aleteaban pequeños insectos blancos muertos.

Los chicos caminaban a través del bosque a paso ligero. Reinaba la calma, rota solo de vez en cuando por el poderoso graznido de un cuervo. Heinz iba primero, mientras Albert se esforzaba por no quedarse atrás. El día anterior, después del horrible viaje escondidos en el vagón de carbón, habían llegado a Lituania, pero las cosas no habían salido como ellos esperaban. La primera vez, Heinz se había bajado en un lugar totalmente distinto. Ahora no tenía ni idea de hacia dónde avanzaban. Por otro lado, se arrepentía de haber dejado la lona en el vagón, pues tal vez la necesitarían más adelante. Pero cuando el tren se detuvo y ellos saltaron de su frío y duro escondite, un trabajador del ferrocarril los descubrió y empezó a gritar en una lengua incomprensible al tiempo que agitaba los brazos en el aire, así que echaron a correr para desaparecer lo más rápido posible, a pesar de que las piernas, entumecidas por el frío y dormidas, apenas les obedecían; los espoleaban el miedo y el afán de sobrevivir a cualquier precio. Sin embargo, nadie pareció perseguirlos, porque cuando por fin se detuvieron, cuando se dejaron caer en la nieve detrás de unos arbustos para recuperar el aliento, no oyeron nada excepto su respiración y los latidos de su corazón.

—¿Estamos en Lituania? —preguntó Albert.

Por supuesto que estaban en Lituania, pero ninguno de los dos sabía hacia dónde debían dirigirse ahora.

Después de reflexionar unos instantes decidieron avanzar en la dirección contraria al sol.

Caminaron un buen rato; llegaron a una carretera, pero no había ningún pueblo ni ninguna aldea, solo bosque. Después, el bosque se acabó y los chicos siguieron caminando: pequeños insectos negros en medio de infinitos campos blancos.

Comenzó a oscurecer y los niños sintieron miedo: ¿dónde dormirían?, ¿tendrían que acostarse sobre la nieve? Sin embargo, por fin llegaron a una granja. La casa y los edificios anexos estaban envueltos en la oscuridad, pero alguien había retirado con una pala la nieve del patio; era evidente que allí vivía gente. Al acercarse oyeron los ladridos furiosos de un perro; el guardián del lugar los recibió de malos modos, enseñando los dientes y jalando su cadena. La casa tenía un aspecto lúgubre y no prometía nada bueno, como una taberna habitada por ladrones. Sin embargo, no podían hacer otra cosa: Heinz tocó con los nudillos en la puerta. Durante un rato nadie respondió, nadie acudió a abrir, así que Heinz volvió a llamar, con más fuerza esta vez.

Hasta ellos llegó la voz enfadada de un hombre que les preguntaba a través de la puerta cerrada quién se había perdido por allí y qué quería. Heinz explicó en alemán, aunque intercalando ya algunas palabras que había aprendido en lituano, que se habían extraviado y tenían frío, que solo deseaban calentarse un poco. Por fin la puerta se abrió y en el umbral apareció un tipo corpulento aunque de poca estatura, moreno y de semblante sombrío. Sus ojos brillaban a la luz de una lámpara de queroseno. El hombre levantó la lámpara e iluminó las caras de los chicos. Permaneció en silencio unos instantes y luego dijo:

—No tenemos sitio, aquí no hay sitio.

Heinz comenzó a suplicar; estaba dispuesto a persuadir al mismo demonio con tal de que les permitieran pasar la noche. Después se oyó la voz de una mujer que se acercaba a la puerta a ver qué ocurría. El hombre cerró de un portazo y los chicos comprendieron que tendrían que seguir caminando y dormir en el bosque, tal vez intentar encender fuego y sobrevivir como pudieran esa fría noche invernal. Al día siguiente se pondrían de nuevo en marcha con la esperanza de que las siguientes personas que se encontraran en ese país fueran más hospitalarias. Sin embargo, a los pocos segundos la puerta volvió a abrirse y la mujer los invitó a entrar. No hizo falta que se lo dijeran dos veces.

Dentro, el aire estaba cargado, pero no hacía frío. La mujer habló mucho, les explicó algo en voz baja, como si no quisiera despertar a alguien. Ellos se limitaron a asentir con la cabeza, no entendían gran cosa, pero tampoco querían defraudarla. En la casa no había mucho espacio y les ofrecieron dormir sobre unos bancos en la cocina. Al parecer, no tenían cobijas que ofrecerles, pero les dieron pieles de oveja y un abrigo viejo. Los niños estaban ateridos y hambrientos, así que el calor de la estancia enseguida los adormeció y cayeron rendidos. Mientras se hundía en un cálido sueño, Heinz alcanzó a oír risas y la voz de alguien que susurraba divertido. Los ruidos pasaron a formar parte de su sueño. Estaba sentado en un extenso prado vacío y esperaba al abuelo. El abuelo llegó, pero tenía unas enormes patas de caballo con las que escarbaba en la tierra y sostenía su pipa entre los dientes. «Llega el hambre, llega el hambre», parecía decir o relinchar el abuelo, medio anciano, medio caballo. Heinz quiso preguntarle algo, pero el centauro siguió su camino y se alejó en la distancia. Él intentó seguirlo, pero las piernas no le respondían, las sentía pesadas como si fueran de madera, y entonces comprendió que el abuelo lo abandonaba, lo dejaba solo en aquel vacío incoloro en el que los sonidos retumbaban como el eco.

Por la mañana se despertó temprano, abrió los ojos y vio cómo la mujer encendía la estufa, las llamas se elevaban e iluminaban la cocina sumida en la oscuridad y las sombras creadas por el fuego empezaban a bailar sobre las paredes de color claro, probablemente revestidas de estuco. Heinz intentó levantarse, pero la mujer le sonrió, dijo algo en voz baja, como si no quisiera despertar a los demás, y le dio a entender que podía dormir un poco más. Con cuidado, intentando no caerse del banco, que era bastante estrecho, Heinz se envolvió en la piel de oveja como una oruga en su capullo y contempló los movimientos tranquilos y cotidianos de aquella mujer. La escena le hizo sentirse bien, como en casa. Poco a poco los ojos se le fueron cerrando y Heinz volvió a dormirse mientras la leña chasqueaba en el fuego.

Los chicos caminaban contentos, su aliento se convertía en nubes blancas en contacto con el aire frío. Los abetos cubiertos de nieve parecían dormir y no había muerte ni guerra a su alrededor. Era agradable avanzar por un camino transitado y no demasiado resbaladizo, sobre todo con el estómago lleno y después de varias horas de sueño. La mujer les había dado bien de comer. Cuando Heinz se despertó por segunda vez ya era casi de día y comprendió que era el único que aún dormía. Se levantó avergonzado. Por la puerta abierta de la habitación llegaban risas. Albert les mostraba algo por gestos a los hijos de los granjeros y estos reían a carcajadas. La casa era en verdad pequeña y muchos los que vivían en ella: además del granjero, ausente en ese momento, y su mujer, había también ocho niños. Tal vez fueran más, pero Heinz alcanzó a contar cinco niñas y tres niños. Al parecer, todos habían encontrado cobijo en la granja. Las niñas se reían y le contaban algo a Albert; una sacudía los brazos como si fueran alas, seguramente hablaba de gallinas o gansos. Entendiera o no, Albert reía también.

Heinz comprendió que allí no podría lavarse, así que salió de la casa y se lavó la cara con la nieve. El perro que con tanta furia los había recibido la noche anterior miró ahora a Heinz y ladeó la cabeza, como sorprendido. Al fin apareció el dueño de la casa. Por la mañana ya no parecía tan malhumorado. Le sonrió y le dio a entender por gestos y en una lengua incomprensible que Heinz era un valiente por lavarse con la nieve. El hombre imitó un escalofrío y se estremeció, agitó el dedo como diciendo que no merecía la pena, pero quizá Heinz no lo entendió bien; tal vez solo quería decirle que tuviera cuidado porque podría pescar un resfriado.

Cuando entraron, la dueña de la casa los invitó a la mesa. Había cocido papas, una montaña entera, y todos esperaban el desayuno con impaciencia. La mujer colocó fuentes humeantes de papas sobre la mesa de la cocina y en la sala, así como cuencos de salsa. Heinz comió sin dejar de observar al hombre de tez morena que les había abierto la puerta la noche anterior para comportarse como él. La mujer había frito algo de tocino ahumado y todos untaban las papas en la grasa. Sabía delicioso. El único problema eran las niñas, que se echaban a reír al ver las ansias con que comían los pequeños alemanes. Había muchas papas, pero los chicos estaban hambrientos. Albert comía con la cabeza gacha, como avergonzado, y las orejas, rojas como jitomates, se movían de forma peculiar. Las niñas se reían tapándose la boca con la mano y se susurraban cosas al oído; de nada sirvieron las llamadas de atención de la madre ni las severas miradas del padre.

Sí, era agradable caminar por el bosque en un día como ese. Sobre todo con el estómago lleno y descansados.

Por desgracia, los granjeros no pudieron ofrecerles nada de trabajo, y era obvio que allí no podían quedarse. Aquellas papas eran quizás todo el alimento con el que contaba la numerosa familia. Bueno, además del tocino. La mujer les dio papas para el camino. Fue la primera comida que recibían en Lituania. No estaba mal para empezar.

El camino avanzaba sinuoso y descendía por un valle. Los niños hicieron una pausa, se ajustaron las mochilas y continuaron el viaje. A la pregunta de si había alguna aldea o pueblo en las cercanías, el hombre se había limitado a apuntar hacia el camino con el dedo, dijo algo y movió la mano varias veces. Sus palabras eran evidentes: «Caminen todo recto, todo recto». Los niños así lo hicieron, pero el bosque se espesaba cada vez más; parecía no tener fin. Heinz empezaba a preocuparse. ¿Cuánto tiempo tendrían que seguir caminando? ¿Podría ser que el bosque no se acabara nunca? Imposible saberlo. Después de todo, no estaban en Alemania sino en Lituania, en otro país. Quizás allí los bosques eran en verdad infinitos.

De algún lugar a lo lejos, tal vez a sus espaldas, les llegó el rumor de un motor. Se acercaba, alguien conducía hacia ellos, quizás un camión que transportaba madera, o quizás soldados.

—Escóndete —gritó Heinz, y se sumergió en el bosque.

Albert corrió tras él. Se tiraron a la nieve y vigilaron el camino a través de las ramas de los abetos. Pasó un camión, después otro, y un tercero. No se podía decir con seguridad, pero parecían vehículos militares.

—Tal vez nos habrían llevado con ellos —dijo Albert.

—¿Unos militares? No, no lo creo. Será mejor que no nos crucemos demasiado en su camino. Nos preguntarían adónde nos dirigimos y qué hacemos en medio del bosque, y no sabríamos qué decirles; además, hablando alemán es mejor que no nos vean.

El zumbido del motor se alejó y los chicos continuaron su camino.

Ya llevaban un buen rato caminando. Albert estaba cansado, pero aguantaba sin protestar.

—¿No sientes nada? —preguntó de repente Heinz.

Se detuvieron. Albert no respondió, pero miró a Heinz, que parecía atento a algún ruido.

—Tengo la sensación de que alguien nos observa.

Albert sintió que un escalofrío le recorría la espalda. ¿Quién podría observarlos en medio del bosque?

—Quizás un lobo —dijo.

Algo se deslizó entre los árboles, como la sombra de un perro enorme, y Heinz lo vio por primera vez. No, no podía ser un perro. Lo importante ahora era no tener miedo, no asustarse. Apresuraron el paso; aquel bosque tenía que acabar en algún momento.

—¿Por qué iba a haber lobos aquí? —replicó Heinz—. No empieces a tener miedo de cosas de las que no hay nada que temer.

Por fin se abrió ante ellos un extenso claro y el camino se bifurcó en dos direcciones. Entre los alisos que crecían a la izquierda se distinguía una casa. Por fin.

—Mira, vayamos a esa casa. Allí seguro que no habrá lobos sino personas —dijo Heinz.

Sin embargo, pronto quedaron defraudados. Cuando se acercaron, lo que desde lejos parecía una acogedora granja resultó ser un edificio lúgubre y abandonado.

Uno de los muros estaba derruido, a través del tejado se veía el cielo, y allí donde un día hubo una habitación crecían ahora arbustos de frambuesas.

Los chicos inspeccionaron la casa, asustados por aquel entorno tan inhóspito.

En medio de la antigua habitación la nieve estaba pisoteada y ardía una pequeña fogata sobre la que colgaba una cazuela. En la cazuela se guisaba una pata de ternero o de ciervo, con pezuña y todo.

—Mira lo que hay aquí —dijo Albert, al tiempo que señalaba la cazuela y la pezuña que se cocía en su interior. Le temblaba la voz y contagió el miedo a Heinz. Permanecieron inmóviles frente al fuego y miraron a su alrededor, pero no vieron a nadie.

—¿Hay alguien ahí? —preguntó Heinz armándose de valor, aunque lo hizo a media voz, sin mucha seguridad.

—¡No grites! ¿Para qué gritas? —le reprendió Albert.

—Bueno, este fuego no se ha encendido solo.

—Pero ¿y si es una criatura del bosque, una especie de demonio...?

De pronto alguien gritó a sus espaldas y se les heló el corazón. Retrocedieron de un salto y dieron media vuelta. El grito no era humano y carecía de sonidos articulados; resultaba tan agudo y punzante que no sería de extrañar que la nieve se desprendiera de las ramas de los abetos. El filo de un cuchillo pasó con un destello a pocos centímetros de la cara de Albert. Este esquivó el corte y en un gesto instintivo agarró al niño por el brazo; era, efectivamente, el brazo de un niño. Albert luchó contra una criatura pequeña y cubierta de andrajos, intentando evitar en todo momento la afilada hoja del arma. Asió con fuerza la mano que sostenía el cuchillo. Su atacante empezó a darle patadas sin dejar de gritar, pero Heinz se abalanzó sobre él, aferró los harapos por la espalda y lo arrojó al suelo. Aun así, el chico consiguió morder a Albert en la muñeca, y él le golpeó en la cara con la mano libre. Luego abrió con fuerza los dedos que rodeaban el cuchillo y se apoderó de él.

Heinz retuvo al niño contra el suelo. No lo conocía, pero nosotros sabemos que era el pequeño Hans, al que habían disparado los soldados rusos mientras intentaba atravesar el Nemunas helado.

Los ojos de Hans eran los de un loco, respiraba con dificultad intentando zafarse.

—Está como... rabioso —dijo Albert.

Heinz dejó libre a Hans, que se levantó de un salto y se metió entre unos arbustos. Luego desapareció en la espesura del bosque.

—¡Me ha mordido en la mano!

—Es un animal salvaje. Si está rabioso de verdad, ahora tú también vas a tener rabia —dijo Heinz, y se echó a reír—. Tenías miedo de que fuera un lobo; quizás era un lobezno. Mira, se comió un ternero, solo dejó la pezuña.

—Pero el cuchillo es bueno.

—¿Dónde lo conseguiría? Con un cuchillo como este ya no hace falta tener miedo...

Los chicos regresaron al camino y continuaron su viaje. De vez en cuando se volvían a mirar y buscaban con los ojos a ese niño salvaje que los había atacado.

A Albert le molestaba la herida.

Amanecía, caía una fina nieve y el mundo entero guardaba un extraño silencio. Renate echó la cabeza hacia atrás y contempló el cielo, en el que apenas se veían las nubes a la deriva: sus contornos se fundían entre sí, como si un artista hubiera derramado pinturas pastel sobre todas ellas y el color principal fuera el gris. Así, de pie y con la mirada en las nubes, era fácil perder el equilibrio y dejar de distinguir la tierra del cielo. Sobre todo para una niña hambrienta que de todos modos se mareaba constantemente. Renate se tambaleó y se apoyó en la pared del establo; unos puntos pequeños y brillantes le baileteaban delante de los ojos. Como insectos dorados. Todavía se acordaba de Borís a menudo y evitaba la parte del pueblo donde vivía la madre del niño. Era raro, pero le reconcomía la conciencia, como si hubiera hecho algo malo, como si tuviera la culpa de que una fuerza terrible pulverizara a aquel niño ruso, de que lo pulverizara sin dejar nada tras de sí salvo un cuerpo extraño

94

cubierto de sangre, una criatura irreconocible, aquella mano. Renate se imaginó a la madre de Borís buscando a su hijo, recorriendo el pueblo sin dejar de sollozar, ahogándose en su desesperación como en aguas negras. O quizás no lo buscaba, porque no había ido a preguntarles dónde estaba Borís, qué había sido de su único hijo. Aunque era cierto que la pobre mujer no sabía dónde vivían los niños que correteaban con su hijo. Y en cuanto a la mano... Renate no estaba segura de que fuera la mano de Borís, pero sabía que el sueño no le había mentido: un perro se la llevó entre los dientes. Cuando la cabeza le daba vueltas, le parecía que su vida era como un sueño. Costaba distinguir unos sueños de otros; cuando despertaba, deseaba volver a despertar, que alguien tocara de nuevo el piano en casa y que el abuelo fumara en su pipa curvada, aunque apestara a tabaco, un olor que ella en aquel tiempo no soportaba. Que apestara todo lo que quisiera si el abuelo así lo deseaba, con tal de verlo de nuevo sentado al sol. Sonriente.

El tiempo pasaba despacio, como si lo transportara el mismo viento que empujaba con pereza las nubes grises de invierno en lo alto del cielo. Renate pensó en Heinz, su hermano. ¡Ojalá estuviera ya de vuelta en casa! Habría traído de nuevo tocino, papas y harina, sobre todo harina para que tía Lotte hiciera esas tortitas amarillas como pequeños soles. Sin embargo, Renate sabía que era mejor no hacerse ilusiones, no confiar en que volvería de repente. No, las cosas no sucederían así; no iba a regresar hoy, ni mañana. Tendrían que pasar hambre y frío mucho tiempo, mejor no engañarse a sí misma ni alimentar los sueños, porque después la decepción sería aún más amarga. Ay, que le saliera todo bien, que no se perdiera en medio de una ventisca, ni encontrara un hogar tan acogedor y cálido que quisiera quedarse a vivir en él y lo olvidara todo, a mamá, a Renate, a todos, todos. Sin embargo, ese hogar podría acabar siendo la trampa de una bruja, querido Heinz, un hogar en el que te engordarían como a Hansel en el cuento, y no habría nadie para protegerte. Ojalá ella se encontrara ahora dondequiera que estuviese su hermano. Ella sería capaz de reconocer las malas intenciones de la bruja y avisaría a Heinz, lo protegería.

Renate andaba despacio, abriéndose camino a través de un montículo de nieve que se había formado por la noche. Rozó con la mano el tronco de un tilo y volvió a mirar hacia arriba. Ay, esos brotes a punto de florecer..., los de las ramas inferiores habían desaparecido. Estaban deliciosos y los niños los roían como si fueran conejos, arrancaban todas las ramas a su alcance. Renate rodeó el tronco del tilo e intentó colgarse de una rama de un salto. Luego podría trepar a lo alto del árbol. No estaría nada mal.

Lo intentó una vez, después otra. Se cansó; la rama era demasiado alta. Tiró los guantes y lo intentó de nuevo, pero otra vez en vano. Entonces recogió del suelo un palo bastante largo y golpeó con él las ramas que colgaban por encima de su cabeza. Volvió a golpearlas y por fin cayó una rama de tamaño considerable.

Qué rico, los brotes helados del tilo se derritieron en su boca. Lástima que fueran tan pequeños. Renate se comió todos los brotes y luego empezó a roer la corteza de la rama.

Era mejor que nada.

De pronto sintió un pinchazo en la boca y poco después el sabor salado de la sangre. Tanteó la zona con la lengua. Se le movía un diente, estaba a punto de caerse. Lo sujetó entre dos dedos, lo movió de un lado a otro y se lo quitó de un tirón. Qué rápido había salido ese diente de leche. «¿Y si no me sale otro?», pensó. «Me quedaré desdentada como una vieja, o como Martha, la amiga de mamá.» Aunque Martha no era ninguna vieja y los dientes no se le habían caído solos. Renate sonrió. Cómo lloraba Helmut cada vez que le quitaban un diente de leche. Ella no lloraría. Era raro estar allí parada con el diente en la palma de la mano, observándolo como si fuera una piedra preciosa. Cierto que no era una piedra preciosa, pero podía colocarlo bajo la almohada, dormirse y a la mañana siguiente el ratoncito le habría dejado algo de dinero. Aunque Renate sospechaba que esta vez no le traería nada.

Una vaca mugió con tristeza en el interior del establo. Qué casualidad que la vaca se pusiera a mugir justo cuando ella estaba pensando en su diente de leche. No, no era la vaca de su familia; hacía tiempo que se habían llevado sus vacas, confiscadas. Era la vaca de los rusos que vivían ahora en su antigua casa. La habían traído de algún otro sitio, seguramente también «confiscada» a otra familia. Era extraño que hubiera guardado silencio tanto tiempo, porque a veces mugía y mugía todo el día. Casi no le daban heno, también se lo habían llevado; no quedó más que paja. Mugía de hambre. Las personas también podrían mugir, pero sabían que no había nadie que se hiciera cargo de ellas, nadie a quien llamar para que les trajera algo de comer.

Renate asomó la cabeza por una esquina del establo y vio a la rusa que ahora vivía en su antigua casa cerrando el portón con llave. La cerradura era enorme; y la llave, también. Se la colgó al cuello, levantó una cazuela del suelo y atravesó el patio por un camino apenas abierto en la nieve. Renate se preguntó si el cuenco contendría realmente leche. «¿Cuándo fue la última vez que bebí leche fresca, templada y dulce? Quizás ni siquiera era yo esa persona.»

—Pst, pst, pst, gatito, gatito —se oyó la voz de la mujer—. Pst, pst, pst —llamaba al animal, al que no permitía irse muy lejos, porque esos días también los gatos eran carne.

Renate atravesó el patio, antes tan familiar, tan suyo, y que ahora resultaba casi extraño, como si hubiera traicionado a sus antiguos dueños.

—Pst, pst, pst.

La mujer seguía llamando con cariño a su mascota.

Renate caminó hasta ella y se detuvo. Se quedó mirando como si esperara algo. Quería pedir un poco de leche, pero ¿cómo? ¿Maullando tal vez?

Por fin apareció el gato, hermoso y con el pelo bien cuidado. Bostezó con pereza y se acercó hasta la mujer, que vertió leche en un cuenco pequeño y lo puso frente al animal. Este hizo una mueca, se lamió una pata, miró a su alrededor. Parecía que nunca empezaría a tomarse la leche, pero al fin se dignó a probarla.

La mujer dio media vuelta para marcharse y entonces vio a Renate, que seguía los lengüetazos del gato con ojos hambrientos.

—Deja de mirarlo —le dijo la mujer después de un largo silencio—. Vete, vuelve a tu casa.

Sin embargo, Renate volteó hacia la mujer, hacia esa extraña que se había echado a los hombros la piel de un zorro y que posiblemente llevaba encima todo lo que había encontrado, pero que no se había tapado la cabeza, llena de rizadores. Los ojos de Renate eran de un azul transparente y semejaban dos botones de nácar sin vida.

—Esta es nuestra casa —dijo Renate en voz baja.

La mujer la miró en silencio.

—Esta es nuestra casa. Vivíamos aquí.

La mujer levantó en brazos al gato y el cuenco de leche, agarró la cazuela y entró en el edificio.

Renate se quedó quieta y no se movió del sitio durante lo que le pareció un rato larguísimo, interminable. Como una escultura helada en medio del patio por el que habían paseado sus hermanos y hermanas, sus padres, sus abuelos, sus amigos. En realidad, no esperaba nada, pero tampoco sabía adónde ir con el dolor que le inundaba el corazón. Como si hubiera perdido a alguien. Para siempre. Como si hubiera sentido el aliento helado del vacío, sí, estaba vacía, como un pozo profundo de agua fría. En su alma vacía resonaba el eco. Sí, como un pozo.

Al fin se abrió la puerta y en el umbral apareció de nuevo la rusa y le dijo en alemán:

—Nosotros no tenemos la culpa.

Luego le tendió un pedazo de pan envuelto en papel de periódico y una botella que quizás fuera de vodka, solo que ahora no contenía vodka sino leche.

Cruaac, cruaac. Un enorme pájaro negro hizo desprenderse la nieve que cubría la punta de un abeto.

—Qué grande —dijo Albert—. Casi tanto como una gallina.

Cruaac, cruaac. El graznido atravesó el silencioso bosque y llegó lejos, muy lejos, hasta el borde mismo del bosque, hasta las granjas que esperaban a los chicos que avanzaban de buen ánimo.

—Me pregunto si será comestible.

—Todas las aves son comestibles, ¿por qué no iba a serlo si tiene plumas?

Encendieron una pequeña fogata, arrojaron cuatro papas, las sacaron del fuego sin esperar a que se cocinaran del todo, las hicieron bailar entre las manos como malabaristas para que se enfriaran y luego las engulleron ansiosos. Después cubrieron la hoguera de nieve hasta que no quedó ni rastro de ella. ¿Por qué? ¿Quizás porque eso hacían siempre los pioneros americanos en los libros que ellos leían?

El cuervo observaba desde arriba a las dos personas de poca estatura. Se rascó la cabeza y volvió a graznar. Era un pájaro de posguerra, bien alimentado, casi persona..., saciado de carne humana.

Era difícil discernir si llevaban caminando mucho o poco tiempo. El bosque era tan monótono, el hambre tan insistente... ¿Qué significaban dos papas casi congeladas para un caminante? Sin embargo, todo llega en algún momento a su fin, y así, de un modo bastante repentino, el bosque perdió espesura, la luz se abrió camino entre los árboles y un extenso campo, una llanura blanca, surgió ante ellos. Los chicos echaron a correr haciendo apuestas sobre quién saldría primero del bosque, quién llegaría primero a los últimos árboles.

Una vez que dejaron el bosque a sus espaldas se detuvieron, como cegados por aquella infinidad invernal. No obstante, a lo lejos, en el borde mismo de la infinidad, distinguieron una granja rodeada de enormes árboles; una columna de humo se elevaba de la chimenea.

El corazón les dio un brinco de alegría y se pusieron en camino hacia el lugar donde vivían otras personas.

El cuervo dibujó un círculo sobre sus cabezas, emitió un poderoso graznido como si se despidiera de ellos y se ocultó tras los abetos del bosque.

La granja era bastante grande, con un patio extenso, un granero y un huerto.

Los niños entraron en el patio. Un perro enorme

empezó a ladrar junto al establo. No lejos del perro se levantaba un montón de troncos de aliso que alguien había empezado ya a cortar.

Una mujer de edad avanzada, aunque alta y de espalda erguida, atravesó el patio. Se protegía la cabeza con un grueso pañuelo de cuadros, y los pies con fieltro y botas de agua. No sonreía, parecía fuerte y hosca. Llevaba una cubeta, probablemente para dar de comer a algunos animales, tal vez cerdos.

Los chicos saludaron; la mujer se detuvo y los miró con desconfianza.

—Trabajar..., pan... —dijo Heinz usando las palabras lituanas que había aprendido—. Podríamos realizar cualquier tarea... a cambio de pan...

—No tengo trabajo para ustedes —contestó la mujer.

—La leña, podemos cortarla.

La mujer calló durante un momento, como si evaluara a los dos posibles trabajadores. De repente, una sonrisa se adivinó en sus labios, aunque no se podía decir con seguridad si sonrió o si solo fue un efecto de la luz que atravesó por un instante el rostro austero. Luego les indicó con un gesto de la mano que la acompañaran. Los chicos se miraron y la siguieron.

Brigitte, Grete y tía Lotte cazaban ratas entre las ruinas. Las niñas inspeccionaban las grietas con atención, miraban debajo de las tablas. Al principio no sabían muy bien qué era lo que buscaban con tanto ahínco, por qué se movían con cautela, como al acecho, como temerosas de hacer ruido.

Tía Lotte notó algo e hizo una señal a Grete y a Brigitte, que empezaron a moverse en torno a un punto.

De un montón de basura salió corriendo una rata.

Brigitte arrojó un trapo sobre ella.

Tía Lotte se abalanzó y empezó a golpear con un palo la criatura que se agitaba bajo la tela. La mató.

También las ratas desaparecían. Solo quedaban algunas pocas medio muertas.

Brigitte levantó la rata y la colocó junto a los otros dos roedores muertos.

Un conejo más para el botín.

El agua hervía sobre la estufa.

Tía Lotte despellejaba a la rata.

Helmut y Monika daban vueltas a su alrededor con un cuenco en la mano.

—¿Qué animales son estos, tía Lotte?

—Conejitos...

—¿Están ricos?

—Mucho...

—¿Y por qué están ricos, tía Lotte?

—Porque en verano no comieron otra cosa que manzanas del paraíso.

—¿Y dónde están las orejas largas de estos conejos? Los que yo vi en un libro tenían orejas...

—Las orejas les crecen a los conejos grandes y fieros, pero los pequeños... tienen orejas pequeñas.

—¿Por qué?

—Para que el zorro no los vea escondidos entre la hierba.

Helmut y Monika se echaron a reír.

Eva les decía a sus hijos que prestaran atención, que nunca olvidaran de dónde eran y quiénes eran.

—Donde sea que estén, aunque yo ya no esté con ustedes, recuerden —les decía, y los niños comprendían la importancia, la enorme importancia de saber quién eras y de dónde venías—. Repite, mi amor, repite y recuérdalo bien.

—Soy Monika Schukat, nacida en Gumbinnen el 9 de marzo de 1936, hija de Eva y Rudolph...

—No debes olvidar tampoco los nombres de tus hermanos...

—... hija de Eva y Rudolph, tengo dos hermanos: el pequeño se llama Helmut y el mayor Heinz; y también dos hermanas: Brigitte y Renate...

—¿Y de qué nacionalidad eres?

—Soy alemana.

—Ahora ustedes, niños: digan quiénes son, díganlo y no lo olviden pase lo que pase... Vamos, Renate, cariño...

106

—Soy Renate Schukat, nacida en Gumbinnen el 1 de abril de 1939, hija de Eva y Rudolph...

—Helmut Schukat, nacido... nacido... —No recordaba nada más y bajó la cabeza avergonzado.

Su madre repitió con paciencia:

—... nacido en Gumbinnen el 13 de septiembre de 1940, hijo de Eva y Rudolph... Vamos, ahora los dos juntos: Helmut Schukat, nacido en Gumbinnen el 13 de septiembre de 1940, hijo de Eva y Rudolph, tengo un hermano que se llama Heinz y tres hermanas: Brigitte, Renate y Monika.

—Y soy alemán —añadió Helmut con orgullo.

Los ojos de Eva se llenaron de lágrimas.

—¿Por qué lloras, mamá?

—Intenten no presumir de ser alemanes..., solo recuerden que lo son.

Albert apilaba leña en un montón frente al establo.

Heinz la cortaba. Estaba cansado, pero la madera de aliso y la de álamo temblón se partía con facilidad.

—Qué bien te sale, ¿por qué a mí me costaba tanto?

—Porque hay que clavar el hacha por el extremo fino y dirigirla al mismo centro. Inténtalo tú ahora, yo me encargaré del montón.

Albert agarró la enorme hacha que le tendía Heinz, puso un pedazo de madera sobre el tocón e intentó partirlo, pero falló de nuevo.

Se oyeron ladridos de alegría. La mujer le llevaba al perro algo parecido a un caldo de papa.

—Al perro le da de comer y a nosotros que nos parta un rayo...

—¡Shhh!, calla, que te va a oír.

La mujer volvió a salir, esta vez cargada con gruesas rebanadas de pan negro y un cuenco grande en el que humeaba una sopa espesa.

Tomó un sendero en dirección a la pila de leña.

Albert se afanaba con un enorme pedazo de madera: levantó por encima del hombro el hacha hundida en el leño y, aguantando a duras penas el peso, la dejó caer con todas sus fuerzas sobre el tocón helado. La madera se partió por la mitad y Albert se limpió el sudor de la frente.

De repente una voz a sus espaldas les dijo en lituano:

—Trabajan bien, hay que reponer fuerzas.

Dieron media vuelta, quizás aún incapaces de creer que les traían algo de comer.

La mujer colocó el cuenco humeante junto con el pan y dos cucharas sobre el tocón de leña.

Los chicos le dieron las gracias —Albert en alemán y Heinz en lituano— y empezaron a comer.

Una sonrisa de ternura apenas perceptible iluminó la cara de la mujer, que permaneció un rato mirándolos mientras comían y luego regresó a la casa.

La puerta se abrió y Heinz, Albert y la mujer entraron en el pajar.

Los niños cargaban con un montón de cobijas viejas.

La mujer les señaló el henil sobre el que podían pasar la noche.

Los chicos subieron por una escalera alta de madera.

La granjera les hablaba en lituano, intercalando de vez en cuando alguna palabra en alemán.

—Espero que no pasen mucho frío..., acurrúquense uno junto al otro y así se darán calor... Pero no fumen, no jueguen con cerillos... Está prohibido hacer fuego, no se puede fumar. ¿Lo entienden?

Los niños le entendieron, comprendían que no podían encender fuego y que debían intentar no pasar frío.

—Si oyen algún ruido, guarden silencio y no salgan a ver qué ocurre... ¿Entendido? —preguntó la mujer.

Salió del pajar, cerró el pesado portón y echó el candado.

La granja en la que pasaban la noche estaba sumida en la calma. Los campos nevados parecían dormir bajo la luna y las estrellas. Un perro ladró en la lejanía.

Silencio.

De pronto, unos pasos hicieron crujir la nieve.

Las sombras de cinco hombres armados se apresuraban hacia la casa.

Heinz y Albert yacían sobre la paja envueltos en gruesas cobijas.

—Qué rico está ese pan.

—Sí, muy rico.

—¿Y si nos comemos otro trocito cada uno?

—Aguanta hasta mañana... Puede que no nos dé más, hay que ahorrar, tenemos que llevar algo a casa.

—Les llevaremos algo, claro que les llevaremos algo...

—¿Piensas mucho en tu padre?

—No mucho. A veces. Recuerdo cómo nos hacía trucos de magia con las cartas. Le salían muy bien. Me dijo que me enseñaría a hacerlos, pero nunca lo hizo.

—Tienes suerte; tu padre al menos... está vivo.

—No lo sé, quién sabe si sigue vivo. Hace como medio año que recibimos su última carta.

—Pues yo me acuerdo mucho del mío. Siempre me pregunto si lo reconoceré cuando me muera. Porque habrá un montón de cadáveres, todo el cielo estará lleno, con toda la gente que muere ahora... Bueno, ya no serán cadáveres, pero eso que dicen que te mueres y vas al cielo y allí te encuentras con tu padre, tu hermano y todos tus seres queridos... no me lo creo. Porque yo no seré el único que se paseará entre todos esos millones de muertos gritando: «¡Papá, papá!», habrá otros muchos niños y mayores gritando...

Callaron durante un rato.

—La señora ha cerrado la puerta y no he tenido ni tiempo de hacer pis...

—Pues baja y mea.

—Tengo miedo... Ayúdame a bajar. No te rías, pero me da miedo la oscuridad...

—Vamos, yo también tengo ganas.

Bajaron en silencio e intentaron salir, pero la llave estaba echada por fuera.

Hicieron pis en medio de la oscuridad.

De repente, Heinz oyó pasos y el crujido de la nieve. Con un susurro le ordenó a Albert que guardara silencio. Este no lo entendió y quiso decir algo, pero Heinz le tapó la boca con la mano y le dijo al oído:

—Alguien se acerca.

Por una rendija del portón vieron que una sombra

corría hasta la casa y golpeaba con los nudillos en la ventana. La puerta se abrió y la sombra se coló en el interior.

Al poco rato, la puerta volvió a abrirse y se oyó el ulular de un búho.

A la luz de la luna, otros hombres armados se acercaron hasta la casa por el camino que venía de la era y entraron. Uno de ellos permaneció fuera.

Los niños se miraron. Asustados, uno detrás del otro subieron en silencio por la escalera hasta el henil.

Aún no había amanecido del todo, la noche se retiraba despacio, pero el cielo se iba tornando azul y el frío pellizcaba las mejillas y la nariz. Renate y Monika se habían levantado temprano y después de tomar un té caliente con una corteza de pan seco ya estaban allí, en el mercado. Caminaban entre las hileras de carromatos parados; Renate llevaba una escoba. Era una escoba cómoda de usar, con un mango largo y bien trabajado. No estaba hecha en casa con varias ramas de abedul, sino que la habían comprado. Encontraron un hueco y se detuvieron. Mostraron su mercancía, pero de momento nadie deseaba comprar el objeto en venta, nadie lo necesitaba. Esperaron heladas de frío. Al cabo de un rato empezaron a saltar de un pie a otro para entrar en calor. Renate se echaba el aliento sobre las palmas de las manos.

A su alrededor bullía el comercio. Granjeros llegados de Lituania vendían papas y pan, huevos y queso, crema agria y tocino. La gente se acercaba y regateaba con lo que tenía: finas copas de cristal con adornos de plata, un espejo, un molinillo de café, cubiertos de mesa, reliquias y joyas familiares. Solo querían una cosa: comida; la oportunidad de vivir un día más, de sobrevivir. Los granjeros cambiaban papas por las preciadas migajas del pasado que la gente rescataba de sus escondites. Unas papas o un tocino tenían ahora más valor que los añicos plateados de una vida de paz y felicidad pasada. Un antiguo profesor ofrecía por comida varios libros, unos tomos gruesos y bellamente encuadernados, con mapas y grabados. Sin embargo, nadie necesitaba libros en ese momento.

No lejos de allí se alzaron algunas voces. Un muchacho corría sin aliento después de robar un pedazo de pan. Lo atraparon y lo molieron a latigazos. El chico lloraba y gemía, pero se metió el pan en la boca para que no se lo quitaran, cualquier cosa con tal de que no se lo quitaran...

Después, unos soldados entraron en escena. Se pasearon entre los comerciantes, entre los granjeros y los alemanes. Compraron un queso grande, pagaron menos de lo que les pedían, la cantidad que ellos mismos decidieron. Se rieron, y cuando el vendedor se mostró enojado, lo apuntaron con una automática.

—Así nunca venderemos esta escoba. Tenemos que dar vueltas y ofrecérsela a la gente, no quedarnos aquí paradas hasta que se nos congelen los huesos —dijo Monika.

Le quitó a Renate la escoba de las manos y empezó a caminar. Fue deteniéndose frente a casi todos los granjeros.

—Cómpreme esta escoba, es excelente, traída de Berlín.

Sin embargo, nadie necesitaba esa maravillosa escoba de Berlín; todos sacudían la cabeza sin pronunciar palabra.

Monika perdió la paciencia. Escupió casi como lo haría un chico y le devolvió la escoba a Renate.

—Toma, intenta venderla tú si quieres, yo ya estoy harta de todo. Me voy hoy mismo a Lituania.

—Mamá no te dejará —replicó Renate.

—No voy a preguntárselo.

—Mamá llorará si te vas.

Monika dio media vuelta y se alejó, dejando a su hermana pequeña en medio de una confusión de gente y de nieve. Mientras los copos giraban en torno a ella, Renate comprendió que Monika se dirigía a un lugar del que no regresaría. La llamó: «¡Monika, Monika!», pero Monika no se volteó para mirar.

Renate estaba helada y agotada. Inmóvil, pensaba en Heinz y en Albert ahora en Lituania; pensaba en Monika. Probablemente la vida era más fácil allí, al otro lado del río, en Lituania, pero no podía dejar a mamá, no podía dejar a Helmut. Alguien tenía que cuidar de ellos.

De camino a casa vio a un hombre extraño y alegre que producía música con ayuda de un peine. Tenía la cara curtida y surcada de arrugas. Jamás en su vida había visto a un hombre tan anciano y arrugado. Estaba sentado en un carro con las piernas cruzadas de un modo extraño, tocando su música. Su mujer, también de edad muy avanzada, vendía canastas que nadie necesitaba y pan de centeno. Cortaba el pan en rebanadas que costaban diez rublos o diez marcos cada una —por el momento cualquiera de las dos monedas valía—, pero lo mejor era el intercambio. Se acercó una joven alta y escuálida envuelta en un abrigo de hombre que le venía demasiado grande. De debajo del abrigo sacó un reloj. Al viejo se le iluminaron los ojos; era muy bonito, con adornos en plata y cobre: un despertador de cuerda. La mujer pedía más por él de lo que le ofrecían, pero los ancianos no daban su brazo a torcer; le darían dos rebanadas no demasiado gruesas. Ella rechazó la oferta y quiso marcharse, pero el viejo dio cuerda al reloj y se lo colocó junto al oído para oír el tictac de aquel despertador poco común; le gustaba mucho. Sin embargo, su mujer no le permitió pagar más por él. La joven recuperó su reloj y se alejó para ofrecérselo a otros.

El anciano se percató de que la niña los contemplaba con los ojos brillantes y abiertos de par en par. A Renate le resultaba extraño el comportamiento de aquel hombre, como el de un loco. De repente, este le hizo señas para que se acercara.

—Eh —le dijo el viejo—, ¿por qué me miras tanto? ¿Acaso quieres venderme esa escoba?

—Sí.

—No necesito ninguna escoba, puedo hacerme tantas escobas como quiera con unas cuantas ramas.

—Pero esta escoba es mejor, está hecha en Berlín —insistió Renate.

—¿Y porque esté hecha en Berlín va a barrer mejor? Barrerá igual que las demás —se burló el hombre—. No necesitamos escobas. Anda, agarra una rebanada y lárgate, no necesitamos tu escoba.

Renate no podía creérselo, pero el hombre le tendió un pedazo de pan. La niña se apoderó de él, con miedo a que aquel tipo tan extraño cambiara de parecer, y echó a correr. A sus espaldas oyó las risas de satisfacción del anciano.

Monika había decidido que no volvería a casa.

Sola entre los puestos, pasó un buen rato dando vueltas y mirando a su alrededor. El mercado estaba por cerrar. Vio a una mujer que lloraba y pedía a un granjero lituano que le comprara a su hijo. En casa la esperaban otros cuatro, el niño era trabajador, bueno... A cambio quería papas.

—Tenga compasión, señor, apiádese de mí, Dios se lo pagará, mi hijo es fuerte, puede trabajar, no le teme al trabajo, es duro tener que abandonar a un hijo, pero otros cuatro me esperan... Después, cuando ya no lo necesite, podrá regresar...

Al fin, el granjero, gordo y con bigote, inspeccionó

al niño por todos lados, comprobó la dentadura, le alzó los brazos. Lo encontró demasiado delgado y no lo aceptó. La mujer del granjero, quizás para evitar sensibilizarse demasiado, se esforzaba por no oírlos mientras cargaba en el carro todo lo que había quedado sin vender y que llevarían de vuelta a casa. No participaba en la conversación a propósito.

—Pero mujer, cómo regresará él solo, dónde la encontrará a usted...

—El niño es muy bueno, pero nos morimos de hambre, nos morimos, es imposible salir adelante, cómo voy a alimentar a los pequeños, llévese a mi hijo, señor, lléveselo, solo le pido por él medio saco de papas, solo medio saco de papas...

—Pero ¿de qué me serviría a mí? ¿En qué iba a trabajar? Es aún pequeño y además está débil, tendría que alimentarlo, qué le voy a hacer, no soy Dios, no puedo ayudar a todo el mundo, yo también tengo que vivir. Váyase, mujer, váyase. Tome, tenga una papa y váyase...

La mujer se alejó con su hijo para hablar con otros granjeros.

Monika, que había seguido toda la escena, reunió valor y se acercó.

—Señor, ¿es usted de Lituania?

El granjero sonrió divertido ante la pregunta de la pequeña.

—Sí, de Lituania soy, ¿y qué?

—Señor, yo quiero ir a Lituania sin falta, puedo trabajar mejor que ese muchacho, no necesito mucho, solo algo de comida, y trabajaré, haré todos los trabajos que usted me pida, y obedeceré todas sus órdenes.

El granjero se rio y dijo en lituano:

—¿Oyes esto, mujer? Querían venderme a un niño y ahora ni siquiera tengo que pagar.

—¿Y dónde está su madre?

El hombre volteó hacia la niña:

—¿Dónde está tu madre?

—Me ha dicho que me fuera a Lituania... Haré todo lo que me digan. —Después, en un tono apenas audible, añadió—: Por favor, señor, llévenme con ustedes...

La mujer le ofreció a Monika un huevo duro.

Monika lo aceptó casi asustada, con los ojos como platos.

La granjera le dijo en alemán:

—Come, come, come... No tengas miedo... Siéntate en el carro.

Monika buscó a Renate con la mirada, pero no la encontró. Se sentó en el carro y se comió el huevo con ansia, hasta la cáscara casi entera, y se echó a reír.

El carro se puso en movimiento, el granjero llevaba las riendas y hacía chasquear el látigo.

Monika iba sentada junto a la mujer, que le echó una piel de oveja sobre el regazo.

—Dígame, señora, ¿en Lituania hay manzanas paraíso?

La granjera sonrió.

—Las hay en verano.

Salieron del pueblo. El carro se alejó y se fundió con el mundo y su constante ajetreo, comercio y torbellino.

Cuando llegó a casa, Renate quiso contarle a su madre lo que había visto en el mercado, pero esta la interrumpió con un gesto de la mano.

—Más tarde, Renate... Tía Martha ha muerto —le dijo Brigitte.

Entonces Renate vio a la vecina acostada en un rincón. Arrodillados a su alrededor, los niños contemplaban a su madre sin vida. Lotte y Eva rezaban.

—¿Dónde está Monika? —le preguntó su madre.

—Se ha ido a Lituania —contestó Renate.

Eva miró a la niña largo rato; después bajó la cabeza sin decir nada.

Los hijos de Martha miraban incrédulos el cadáver de su madre.

Tía Lotte leía en voz baja las Sagradas Escrituras; Eva rezaba.

Transcurrían las horas, la luz fue cambiando a medida que el sol avanzaba en su camino, invisible al otro lado de las nubes y de la ventisca invernal. En la leñera hacía frío y reinaba el silencio. Primeras horas de la tarde.

«Monika no regresa, se ha ido de verdad a Lituania», pensó Renate.

—No tiene sentido esperar, tenemos que enterrar a Martha —dijo Lotte.

—La tierra está helada, no podremos enterrarla, nunca conseguiremos cavar una tumba —respondió Eva.

—Tendremos que poder de alguna manera. Aquí en casa no se puede quedar...

Tía Lotte se levantó con pesadez. De debajo de la leña sacó unas sábanas que aún les quedaban y una lona y las extendió. Los niños la seguían con la mirada asustados. Solo Grete se acercó para ayudar.

Las mujeres levantaron el cuerpo de Martha y lo colocaron con gran esfuerzo sobre la lona y las sábanas extendidas. Lo envolvieron en ellas.

Las mujeres y los niños a duras penas conseguían transportar el cadáver de la vecina a través del remolino de nieve que se alzaba en el patio, así que lo apoyaron sobre unas tablas rotas y empezaron a jalar.

El hijo pequeño de Martha, Otto, no dejaba de preguntar:

—¿Adónde llevamos a mamá? ¿Por qué va así envuelta? ¿Por qué no dice nada? ¿Por qué no habla? ¿Adónde llevamos a mamá? ¿Por qué no dice nada? ¿Adónde llevamos a mamá?

—¡Cállate! —gritó Grete, y empezó a llorar dando grandes alaridos, como si las lágrimas fueran un río que acabara de romper el hielo que lo contenía.

¿Por qué no dice nada, por qué calla, por qué está fría, por qué es un bloque de hielo? Porque mamá ya no está con nosotros, Otto, porque esto no es más que un cuerpo frío y sin vida, ya no es mamá sino una cosa fría y extraña, un cadáver. Por eso, Otto, por eso, pero cómo decirle todo esto a un niño; no serviría de nada, además.

—Entra en la leñera, Otto.

—Brigitte, llévate a los niños pequeños a casa y espérennos allí —dijo tía Lotte.

A través de los remolinos de nieve avanzaba una extraña procesión: cuatro figuras, dos pequeñas y dos algo más grandes, arrastrando un bulto alargado.

—Hay que enterrarla aquí.

—No, Lotte, no... Tenemos que enterrarla en la tierra consagrada del cementerio.

—La Tierra entera quedó destruida hace tiempo, también los cementerios...

En medio del remolino de nieve se dibujaron varias cruces.

La procesión funeraria de Martha entró en escena: Eva, Lotte, Grete y Renate.

A pesar de todo, arrastraron el cadáver hasta el cementerio.

Incapaces de cavar una tumba en la tierra helada, abrieron una zanja en la nieve, colocaron en ella el cuerpo y lo cubrieron. Con ayuda de unas ramas construyeron una cruz y la clavaron en la nieve; las mujeres rezaron y se persignaron.

—Dios no quiera que tengamos una muerte y un entierro así...

—Quién sabe, Eva... Mira a tu alrededor. Quién sabe qué nos espera a nosotras... No elegiremos cuándo ni dónde...

Grete se había agachado ante el montón de nieve en el que acababan de enterrar a su madre. Comenzó a gemir en alto.

Tía Lotte la obligó a levantarse.

—Vamos, vamos, Grete, hija...

—Aquí pasará frío...

—Ella ahora tiene menos frío que nosotras...

A través de los interminables campos nevados avanzaban unas extrañas siluetas,

el viento empujaba de un lado a otro la nieve,
que bailaba y formaba remolinos,

el cementerio se distinguía entre los brochazos blancos de la ventisca, oscurecía,

las figuras de las mujeres y de los niños parecían espectros

mecidos por el viento...

Era un día frío pero claro de invierno. Un trineo jalado por un caballo se deslizaba a buen ritmo por un sendero. Sentado en el pescante, un hombre de edad avanzada llevaba las riendas, mientras en el banco más amplio viajaban una mujer y, a su lado, Heinz y Albert. Los niños llevaban ahora prendas más abrigadas.

Al llegar a un desvío del camino, el hombre hizo frenar al caballo con un sonoro «¡sooo!».

—Si siguen todo recto por aquí unos dos kilómetros llegarán a una pequeña localidad —les explicó en lituano. Luego añadió unas pocas palabras en alemán para asegurarse de que los niños le entendían—: Dos kilómetros, ciudad —dijo.

Los niños le dieron las gracias en lituano y se bajaron del trineo.

La mujer se lamentó en lituano:

—Pobrecillos, ¿dónde acabarán...?

Los chicos dieron de nuevo las gracias. Estaban

contentos, porque las bolsas de viaje que llevaban a los hombros iban bastante más cargadas que antes.

El trineo se alejó con un tranquilo tintineo en dirección al bosque.

Después de despedirse de ellos con la mano, los niños se voltearon y tomaron la dirección que les había indicado el granjero.

Por campos casi vacíos pero iluminados por un sol que contagiaba alegría caminaban dos jóvenes alemanes: Albert y Heinz.

Vieron una granja rodeada de huertas. De la chimenea se elevaba a lo alto del cielo una columna de humo.

Se dirigieron hacia allí.

Los chicos se acercaron a la valla de la granja. Un perro negro les ladró con fiereza.

—Aquí seguro que ganaremos bastante.

—Mamá se alegrará cuando volvamos a casa con pan para todos.

Abrieron la portezuela de la valla.

Avisado probablemente por los ladridos del perro, el dueño de la granja, corpulento y de semblante enojado, hizo su aparición.

—Buenos días...

—¿Qué quieren? No aceptamos mendigos, fuera de aquí.

Albert, que no entendía ni una palabra de lituano, le preguntó a Heinz:

—¿Qué dice?

—No lo he entendido.

—¿Acaso no me entienden? Fuera, fuera de aquí, lárguense. Mendigos.

—Podríamos realizar trabajos para usted...

—Alemanes, lárguense a Alemania, no necesito a ningún alemán. Como no se marchen ahora mismo les echaré al perro.

Albert murmuró:

—Está muy enfadado, Heinz, vámonos...

—Corre, quiere soltar al perro —contestó Heinz asustado.

Heinz echó a correr sin perder más tiempo. Albert, un poco confundido, comprendió demasiado tarde que el granjero ya había soltado a aquel monstruo furioso.

Los niños corrían tan rápido como podían. El perro, negro y aterrador, volaba directo hacia ellos. Comprendiendo que no lograría salir de la propiedad, Albert dio media vuelta y sacó el cuchillo.

Levantó el arma. No se rendiría, vencería a esa bestia.

Mientras tanto, Heinz se alejaba a la carrera; llamó a gritos a su amigo, pero este no lo oyó. Sin mirar atrás, Heinz siguió corriendo hacia el bosque.

El perro atacó. Niño y bestia se fundieron en un ovillo; el perro gimió lastimero, la nieve se tiñó de rojo: el niño le había cortado la garganta al perro.

Albert arrojó lejos de sí al animal ensangrentado. Él también estaba cubierto de sangre, y seguía aferrando el arma.

El granjero corrió hasta él con una soga en la mano y empezó a azotar al niño. Albert se abalanzó contra él como enloquecido. Con el cuchillo hirió en la mano al hombre, que retrocedió de un salto dando gritos. Le corría sangre por la mano.

Albert no se movió de su sitio. Cubierto de mordiscos de perro y con el cuchillo ensangrentado en la mano, gritaba:

—¡Te mato, te mato, te mato...!

El hombre decidió que el chico estaba rabioso y empezó a alejarse de espaldas furibundo. Luego echó a correr a su casa en busca de su rifle.

Mientras, Albert salió de la granja dando tumbos.

Una vez fuera de la valla buscó a Heinz con la mirada, pero no lo encontró. Decidió alejarse por el sendero.

De la granja salió corriendo el hombre, que apuntó con su rifle de caza y disparó lleno de rabia y con dedos temblorosos. Sin embargo, Albert se encontraba ya lejos y la bala no lo alcanzó. Aun así, el niño se arrojó al suelo por si acaso.

Heinz oyó el disparo desde el interior del bosque. No sabía qué dirección tomar, pero siguió avanzando. Tenía que alejarse de allí como fuera.

Albert se levantó, echó la vista atrás y vio al granjero contemplando a su perro. Desde allí no se distinguía más que una mancha negra e informe.

Los niños caminaban buscándose el uno al otro; Heinz por el bosque y Albert a lo largo del camino. Al cabo de un rato, Heinz encontró un camino entre los árboles y lo siguió. De vez en cuando se llamaban por sus nombres, pero no servía de nada; ya se habían perdido el uno al otro.

Heinz se sentó sin fuerzas en el tocón de un árbol. Con cuidado, desenvolvió el pan del papel de periódico y arrancó un pedazo de una de las rebanadas, tomó un trozo de tocino y comió con avidez.

Oscurecía. El bosque estaba silencioso e inspiraba miedo.

Albert seguía avanzando por el sendero. Estaba cansado. Llevaba caminando todo el día y aún no se había encontrado con nadie, no había más que bosque y más bosque. De repente, le pareció que reconocía los alrededores. Estaba exhausto, pero ¿era posible que hubiera llegado a la granja donde aquellas niñas se rieron de él, donde desayunaron papas con tocino? Conocía aquel lugar, no podía equivocarse.

A través de los árboles y de la nieve apareció el tejado de una casa y la desesperanza inundó el corazón del niño como un río de agua fría. No, no era aquella granja hospitalaria, sino la casa deshabitada en la que los atacó el niño salvaje. Era el lugar donde Albert se apoderó del cuchillo de su atacante, el mismo cuchillo con el que se defendió del perro negro. No tenía ni puerta ni ventanas, ni siquiera había tejado. Imposible pasar la noche allí.

Se acercó nervioso y con cautela, no fuera a ser que Hans se abalanzara de nuevo sobre él.

Pasaron varios minutos de silencio. Nadie lo atacó y a su alrededor no se oía ni un solo ruido.

Albert encontró el lugar donde había ardido el fuego, la olla con su contenido convertido en hielo. A su lado yacía de espaldas y sin vida el cuerpo helado de Hans.

La cuenca de uno de sus ojos estaba cubierta de nieve aún blanda; y en la otra, un ojo de hielo contemplaba el cielo lleno de asombro.

Renate miraba las ramas del tilo con la cabeza echada hacia atrás. Se lo habían comido todo, lo que quedaba era inalcanzable. Arrancó con las uñas trozos de corteza del tronco y comenzó a masticar. Estaba fría, helada. El hambre la roía, se alimentaba de ella como una rata escondida en su pecho. Pensó en cómo le gustaría ir al bosque, donde los árboles tendrían más brotes. Ojalá se adelantara la primavera, así podrían encontrar todo tipo de hierbas, acedera y bayas. El viento se le colaba por debajo de la ropa y le abrasaba la cara. Con cuidado de no caer —seguía sufriendo esos mareos— se dirigió a casa, a la leñera. Apenas soportaba estar allí, con los interminables gemidos de Helmut y los lloriqueos e hipidos de Otto, mientras Grete no decía una palabra y abrazaba a su hermano contra su pecho y lo mecía, lo mecía, como si quisiera dormirlo para siempre. Pero al menos allí había agua caliente: té hecho con tallos de zarzamora que habían reunido en el jardín hasta dejarlo casi desnudo.

Renate entró en la oscura leñera. Solo caía luz por una ventanilla. Tía Lotte le estaba levantando a Eva la cabeza enfebrecida y le daba a beber del té caliente. Helmut, como Renate esperaba, lloraba y repetía una y otra vez como un disco que salta en el gramófono:

—Quiero comer, quiero comer, quiero comer, quiero comer. —Luego callaba y empezaba de nuevo—: Quiero comer.

De pronto, Eva no lo soportó más y empezó a gritar lo que sus escasas fuerzas le permitieron:

—¿Por qué sigues gimoteando, por qué? Como si los demás no quisiéramos comer, como si tuviéramos el estómago lleno; yo también quiero comer, qué le voy a hacer. No haces más que comer, ¿por qué no te duermes un rato?

Eva gritaba y se ahogaba en sus palabras de rabia, tan impropias de una madre; se ahogaba en lágrimas y en desesperación. Tía Lotte intentó tranquilizarla, hacerla callar, pero Eva empezó a gritarle a ella también, se retorcía y daba vueltas en el catre, como si un animal terrorífico e invisible intentara abandonar su cuerpo; tal vez la propia hambre instalada en su corazón.

Brigitte, la hermana mayor de Renate, se levantó y dijo:

—¡Yo traeré comida, ya verán!

Pasó junto a Renate y salió de la leñera. La puerta se cerró, pero se oía el crujido de la nieve cada vez que la niña daba un paso. Renate quería consolar a su madre y a Helmut, quería echarse a llorar, quería encontrar consuelo para sí misma, pero ¿cómo conseguirlo? Tenía miedo, tenía miedo desde hacía días, cada vez más. Echó a correr detrás de Brigitte.

Renate salió disparada de la leñera y miró a su alrededor. Su hermana mayor ya se encontraba lejos y avanzaba con pasos fuertes y decididos.

—¿Adónde vas? Espera, espérame, Brigitte —gritó Renate, y corrió, corrió detrás de su hermana dando traspiés—. ¿Adónde vas? ¿Qué planeas?

—Si Heinz es capaz de traer comida de Lituania, yo también podré. No soporto más los gemidos de Helmut y las riñas de mamá, no puedo más, se acabó.

Brigitte no disminuyó el paso y Renate se esforzaba por no quedarse atrás.

—Voy contigo, Brigitte, llévame contigo.

Brigitte siguió andando sin responder.

El camino era largo y a Renate le costaba mantener el paso de su hermana, pero estaba decidida a no quedarse atrás. Atravesaron una extensión yerma y abandonada y luego pasaron por debajo de una valla metálica. La estación de tren ya no quedaba lejos. Caminaban sin mirar a un lado u otro, evitando el contacto visual con los soldados, que parecían estar esperando algo apoyados en sus fusiles y fumando un tabaco apestoso; reían. También esperaban mujeres con enormes bultos envueltos en sábanas; quizás a un tren, quizás a alguien. Trabajadores del ferrocarril golpeaban con mazos las ruedas de un tren.

Las niñas se deslizaron entre unos vagones y continuaron su camino. Otro convoy. Siguieron caminando junto a las vías y distinguieron otro grupo de soldados. Seguro que se disponían a regresar a casa, a Rusia; atravesarían Lituania. Subían a un vagón hecho de tablas y llevaban consigo maletas y fardos.

—Este tren seguro que nos llevará a donde tenemos que ir —dijo Brigitte.

Caminaron a lo largo del tren con cautela, buscando un vagón abierto. Al fin, Brigitte descubrió uno. Echaron un vistazo a uno y otro lado y se metieron raudas dentro, primero Brigitte y luego Renate, que, agarrada a la mano de su hermana, consiguió de algún modo trepar tras ella.

En el vagón reinaba la oscuridad, pero los ojos se acostumbraron al cabo de un rato. Probablemente se trataba de un vagón para transportar caballos, porque junto a la pared delantera había una pila de heno y de paja, y por el suelo se distinguían varias boñigas.

—Tenemos que escondernos entre la paja —dijo Brigitte.

Llegaron voces desde fuera, muchas. Hablaban en ruso, se reían. Las niñas oyeron pasos que se acercaban y se escondieron como pudieron en el montón de heno.

De pronto, las puertas del vagón se abrieron con estruendo, la luz inundó el espacio y, uno tras otro, varios soldados entraron en el vagón. Estaban contentos, volvían a casa, regresaban victoriosos de la guerra.

Renate los vio empujarse unos a otros en broma, darse puñetazos en la espalda como niños; serían unos diez, tal vez más. Un oficial les gritó algo desde fuera y ellos contestaron con seriedad, uno hizo el saludo militar. No cerraron las puertas del vagón por completo. Algunos se sentaron en el suelo con las piernas colgando por el hueco abierto y se encendieron cigarros liados. Otros dejaron sus maletas y sacaron comida de sus bolsas y fardos, empezaron a comer; otros se dejaron caer sobre la paja. Uno de ellos estuvo a punto de tocar a Renate. Esta intentó incluso aguantar la respiración; olió el tabaco del soldado, pero él no pareció notar nada; estaba cansado y solo quería conciliar el sueño.

Por fin, el tren se puso en marcha, pero entonces el soldado se dio la vuelta y tocó algo vivo a su lado entre la paja. Se incorporó asombrado y descubrió a la niña, que lo miró con ojos aterrorizados. El soldado le dijo algo, pero Renate, asustada por haber sido descubierta, salió de entre la paja dando un brinco y corrió hacia las puertas del vagón. Aturdidos por la sorpresa, los soldados no acertaron a detenerla y Renate saltó del tren, que ya viajaba a una velocidad considerable. Alguien le gritó algo en ruso. El incidente alertó a los soldados, que encontraron a Brigitte. Esta intentó liberarse, quiso escapar, quiso saltar detrás de su hermana, pero los soldados no se lo permitieron.

—No tengas miedo, ¿qué temes? ¡No te haremos nada, te matarás, no saltes, te matarás!

138

—¡Mi hermana, mi hermana! —gritó Brigitte—. ¡Mi hermana Renate, déjenme, déjenme ir...!

—¡Calma, calma, te matarías, *kaputt, kaputt,* no se puede saltar así, niña! No vamos a hacerte nada, ¿de qué tienes miedo? No temas, te matarías...

Brigitte calló, el tren avanzaba ya a bastante velocidad, cada vez más rápido. Por las puertas abiertas del vagón vio a lo lejos algo que parecía un bulto de ropa y supo que era su hermana. Era Renate; yacía sobre la nieve y el hielo, yacía como si ya estuviera sin vida.

Renate oyó el tren alejándose en la distancia. Se incorporó despacio; un hilo de sangre le caía por la sien. Al saltar del vagón se había golpeado la cabeza contra un bloque de hielo, pero se recuperaba poco a poco. El mundo dejó de dar vueltas, de volar, de mecerse; desaparecieron las manchas negras frente a los ojos y la niña comprendió: Brigitte viajaba camino de Lituania.

El hambre y el frío vencen a las personas, las rompen, las convierten en algo parecido a un mecanismo de metal vacío y sin esperanza, que no teme nada ni se sorprende ante nada. El tiempo pasa con lentitud y monotonía, los movimientos se vuelven mecánicos, al igual que las ideas.

—Sería mejor que el chico muriera —dijo tía Lotte.

Helmut seguía gimiendo las mismas palabras, siempre las mismas. Su lamento era como un taladro.

—Yo también quiero morir —dijo Eva.

—Se acercan —suspiró Lotte—. Se acercan.

Se oyeron pasos lejanos, voces. Era cierto que se acercaban; tal vez el oído de una persona hambrienta se agudiza tanto que esta oye a través de las paredes.

Soldados.

Llamaron a la puerta con los nudillos. Sin embargo, hacía tiempo que no cerraban corriendo el pasador, así que entraron sin esperar. Un teniente de

140

mejillas sonrojadas y cejas pobladas y un par de soldados más.

—*Sobiraites* —dijo—. Recojan lo que tengan que nos vamos.

«¿Adónde?», preguntó Lotte. «¿Adónde vamos a ir si dejamos nuestra casa, nuestra leñera?» Pero no, no preguntó, solo quería preguntar, pero qué sentido tenía. Ya nada tenía sentido. Si les decían que recogieran sus cosas, las recogían.

—Mis hijos están fuera, mis hijas no están —dijo Eva—. Tenemos que esperar a los niños.

—No vamos a esperar a sus hijos —replicó el teniente—. No tenemos tiempo para quedarnos a esperar.

—¿Adónde nos llevan? —preguntó Lotte.

—Primero reuniremos a todos en el cuartel general, y desde allí los llevaremos a trabajar.

—¿A trabajar?

—Recibirán tarjetas de comida y de pan. Alguien tiene que llenar esas trincheras y fosas que ha dejado la guerra.

Tía Lotte y Grete recogieron todo lo que pudieron: ropa, calzado, cualquier cosa que pueda ser de ayuda en el severo invierno. Lotte se lamentó de tener que despedirse de la pequeña estufa de metal, pero ¿cómo iban a llevársela?

—Dense prisa, ¿cuánto tiempo nos harán esperar? —protestó el teniente.

Al fin salieron al patio, donde se desarrollaba una

escena confusa. La vaca de la vecina rusa apenas se mantenía ya en pie y había dejado de dar leche. El dueño la jalaba para sacarla del establo.

—Maten al animal de un disparo —decía—. Mátenlo.

—Hay que alimentarlo. ¿No ves qué pasa si no le das de comer? No quedan más que huesos y ojos —se rio un soldado viejo con bigote.

—¿Alimentarlo con qué? ¿Con qué vamos a alimentarlo si no hay forraje? Mátenlo —pidió también la mujer.

El soldado apuntó y apretó el gatillo. El disparo resonó fuerte y nítido. La vaca cayó al suelo y no volvió a levantarse.

—Al menos tendremos carne —dijo el dueño de la vaca.

Otto clavó los ojos como platos en el animal sin vida. Grete empujó a su hermano para que avanzara.

—Siéntate en el trineo, Otto, siéntate.

Los soldados se llevaron a las mujeres y a los niños. Soplaba un viento helador, nevaba. Pasaron junto a casas en ruinas, establos quemados, vehículos destrozados, cajas despedazadas, maletas, cochecitos de niño rotos... La nieve estaba ennegrecida de hollín, teñida de sangre o con manchas de aceite...

Al borde del camino había cadáveres helados; más allá, personas sentadas sobre troncos.

142

—¿Por qué hacen eso? ¿Qué están esperando? —preguntaron los niños.

—Están muertos. No tenían fuerzas para seguir caminando, se sentaron y se helaron... —les explicó Lotte.

Lotte y Grete jalaban el trineo en el que iban sentados Helmut y Otto. Eva caminaba detrás; se le cerraban los ojos y las piernas le pesaban como tajos de madera, el frío y el hambre la roían como un enorme gusano de hierro asentado en el pecho y ella solo quería morirse.

Renate volvía a casa. De camino se cruzó con unos soldados borrachos que intentaron atraparla, pero estaban demasiado bebidos. Uno de ellos se tiró al suelo cual largo era, otro se rio; empezaron a pegarse entre ellos. Renate se apresuró a alejarse de allí.

Llegó a casa, cansada y con hambre. Entró. Fuera soplaba una ventisca.

Pero dentro de la leñera, en casa, no había nadie. La niña gritó:

—¡Mamá, tía Lotte! ¡Mamá, tía Lotte!

Hacía frío.

Renate salió al patio, miró a su alrededor y vio a la vecina gorda llevando un enorme pedazo de carne.

Renate siguió buscando a los suyos por el pueblo, caminó hasta el mercado ahora vacío, recorrió varias calles y regresó a casa.

En la estufa de metal crepitaba el fuego. Renate intentaba entrar en calor.

Se envolvió en unos trapos y se durmió.

Soñó con la paz, con su madre sonriente enseñándole a leer con un hermoso libro en un prado estival. De repente, una nube oscureció el cielo y su madre se asustó. Renate quiso ver qué había asustado tanto a su madre, pero esta no se lo permitió, la obligó a voltear la cabeza. Entonces las invadió tanta tristeza y tanto miedo que el prado y el libro se retorcieron como si se marchitaran, se encogieron como una piel reseca, y luego todo empezó a caer en pedazos y la cara de su madre se fundió como si estuviera hecha de cera.

Heinz estaba cansado. Tenía hambre. Tenía sueño. A duras penas conseguía arrastrar los pies. Llegó a un pueblo con mercado. Un granjero de semblante alegre atrajo su atención, parecía buena persona. Se acercó a él y le pidió algo de pan. El hombre se lo dio y le ofreció también un aguardiente casero, pero el chico no bebía. Heinz le preguntó si no necesitaba un ayudante. El hombre le pidió que levantara una canasta llena de papas. A pesar de su cansancio, lo levantó.

—Arriba, arriba, arriba, arriba —repetía el granjero como si le diera ánimos al tiempo que aplaudía feliz. Cuando Heinz alzó la canasta por encima de su cabeza, el granjero exclamó—: ¡Bravo, bravo!

Una mujer volteó a mirarlos asustada, se persignó y continuó su camino.

El hombre le dijo:

—Espera, dentro de poco habré vendido estas papas y entonces nos iremos a casa en mi carro, necesito trabajadores como tú. Vaya si necesito chicos fuertes y buenos, mi mujer se alegrará mucho, vaya si se alegrará. Volveremos juntos y entonces ya verás, en casa hay mucho trabajo, vaya si lo hay, y tú eres todo un hombre ya, me ayudarás...

Empezaron a trabajar juntos; el chico vendía las papas y hacía lo que le ordenaban. El granjero no dejaba de beber aguardiente, empezaba a estar bastante borracho. De vez en cuando cantaba una estrofa de alguna canción, le contaba algo, pero Heinz apenas comprendía unas palabras de lituano.

Cuando vendieron las últimas papas, el granjero emprendió el camino de regreso a casa en su carro sin dejar de cantar. Al cabo de un rato se acostó y se envolvió en pieles de oveja. Heinz se asustó; se perderían, ¿quién iba a llevar al caballo? Sin embargo, el granjero le dijo que el caballo encontraría el camino a casa solo.

Unos soldados con los que se cruzaron miraron con desconfianza al chico sentado en el carro. El granjero dormía.

Avanzaban en dirección hacia el bosque que se veía a lo lejos. A su alrededor la nieve se derretía y se evaporaba en una neblina.

Dejaron atrás las últimas casas del pueblo, durante un rato atravesaron campos, pero luego el caballo giró decidido a la derecha allí donde el camino penetraba en el bosque.

Era tal el silencio que los rodeaba que Heinz pensó de repente que solo bajo el agua existía tanta calma. Justo en ese momento, como dos grandes proyectiles, dos arrendajos pasaron por encima de su cabeza persiguiéndose el uno al otro entre graznidos. Rozaron las ramas inclinadas de un abeto y la nieve se desprendió y cayó como si fuera harina. Sorprendido, el niño se sacudió, pero el caballo siguió jalando el carro sin cambiar su paso. De vez en cuando sonaban los ronquidos del granjero. Heinz se sorprendía de que el hombre no pareciera tener miedo a nada.

Ya habían recorrido una distancia considerable y en un par de bifurcaciones el caballo había tomado caminos cada vez más estrechos. Las ramas de los abetos se cerraban sobre sus cabezas. Oscurecía. Heinz empezaba a preocuparse, pero lo tranquilizaba pensar que el hombre no dormiría si acechara algún peligro. Al cabo de un rato, el bosque comenzó a clarear y pasaron junto a algunas granjas. Sin embargo, no parecía haber un alma, como si todos hubieran muerto; solo muy de vez en cuando se oía el trino claro de un piquituerto o resonaba a lo lejos el poderoso y tranquilizador graznido de un cuervo.

Al llegar a un pequeño puente sobre un arroyo que borboteaba bajo la nieve, el caballo se detuvo como si obedeciera a una orden inaudible. Heinz no sabía qué hacer. ¿Iban a quedarse allí parados en medio de una hondonada rodeada de bosque? Apenas lo pensó, el hombre se levantó de repente, saltó del carro entre extraños jadeos y orinó satisfecho al borde del camino mientras expulsaba nubes de vapor por la boca. El granjero permaneció quieto un momento, se estiró, bostezó y, una vez abrochado el pantalón, volteó dispuesto a saltar de nuevo al carro y continuar feliz su camino. Entonces vio al niño sentado en el carro. El hombre incluso se sacudió de la sorpresa. Heinz lo miraba sin comprender qué ocurría.

—Pero ¿tú de dónde has salido? —preguntó el granjero—. ¿Qué estás haciendo en mi carromato?

Heinz intentó explicarle en alemán y unas pocas palabras lituanas que viajaban juntos, que acordaron que trabajaría en su granja.

—¿En qué granja? No necesito trabajadores, nosotros mismos lo hacemos todo, qué tontería —contestó el hombre—. ¿Para qué vamos a contratar a un niño?

—Pero lo acordamos, usted dijo que necesitaba mano de obra, dijo que yo le podría ayudar, dijo que yo le gustaba, que era un buen trabajador.

—No, no, no, no, ni hablar, no necesitamos trabajadores. Además, ¿qué clase de jornalero serías? No, no, baja del carro, ¿qué dirá mi mujer si te llevo conmigo? ¡Nos echará de casa a los dos!

Heinz, que aún no podía creer lo que ocurría y

confiaba en no haber entendido bien, se bajó con la esperanza de que el hombre le instara a quedarse, que le dijera que continuarían el camino juntos. Pero no, nadie lo animó a quedarse, nadie le propuso seguir el viaje juntos. El niño miró al granjero, pero este, ya recuperado de la borrachera, ondeó el látigo en el aire, murmuró algo incomprensible y sacudió la cabeza, como asombrado de las tonterías que era capaz de hacer estando borracho —*como si yo fuera a contratar a un alemán*—. El látigo silbó en el aire y el carro se puso en movimiento detrás del obediente animal.

Y allí se quedó Heinz: solo en medio de un bosque, en medio de un invierno interminable.

Poco a poco se extendía la oscuridad, sobre las ramas de los árboles y al borde del camino la nieve se tornaba azul, y en lo más profundo y espeso del bosque ya era completamente negra.

Heinz caminaba por el bosque, y la tristeza, la angustia y la desazón se depositaban sobre su cabeza como enormes copos de nieve. Esta caía en pedazos grandes como las manos de un niño, blandos y porosos como el algodón. Había perdido todas las ganas de avanzar y solo deseaba acostarse sobre aquella nieve del olvido y permanecer allí enterrado para siempre. Sin embargo, sabía que se dormiría y no despertaría jamás; a él no le importaba, pero en casa lo esperaban su madre y Renate, Helmut, Monika y Brigitte, esperaban su vuelta muertos de hambre. Heinz tenía que regresar, tenía que volver a casa.

Caminó y caminó sin cambiar el paso. Ya era de noche y empezó a sentir miedo en el bosque. De pronto algo centelleó, como si un farol pequeño pero luminoso se hubiera encendido a lo lejos.

Heinz reunió las fuerzas que le quedaban y se dirigió allí donde titilaba la luz. Esta desaparecía y volvía a arder. El niño comprendió que el misterioso resplandor se escondía en medio del bosque, oculto entre los árboles. Por fin llegó al lugar. No era una hoguera, como Heinz pensó al principio, no; era la luz de una lámpara de queroseno que brillaba tras la ventana de una casa envuelta en la oscuridad del bosque. La casa tenía un aspecto lúgubre y triste. Sus habitantes parecían haber tapado correctamente todas las ventanas excepto aquella.

Heinz se acercó con cautela, temeroso de que hubiera un perro guardián. Sin embargo, no parecía haber ninguno, así que caminó hasta la ventana e intentó mirar por una rendija, pero no vio nada: el cristal estaba cubierto de hielo.

Aguzó el oído. Creyó oír voces y risas.

Fue hasta la puerta y tocó con los nudillos.

Nadie abrió, de modo que volvió a llamar, con más fuerza esta vez.

Se oyeron pasos y una voz malhumorada de hombre:

—¿Quién anda ahí?

—Me he perdido, ayúdenme —respondió Heinz.

Pasó un momento largo y mortificante, y cuando ya había perdido toda esperanza de que se abriera la puerta, oyó que descorrían el cerrojo.

—¿Qué quieres? —preguntó un hombre barbudo, que, levantando la lámpara de queroseno, iluminó el rostro del chico.

—Me he perdido, ayúdenme.

El hombre salió de la casa y miró a uno y otro lado, como si quisiera asegurarse de que el niño en verdad estaba solo.

—Entra —le dijo luego.

Heinz cruzó el umbral y el hombre echó el cerrojo tras él. La entrada apestaba a tabaco, y cuando el hombre abrió la puerta de la estancia principal, le empezaron a picar los ojos. El ambiente estaba tan cargado de humo que se podría colgar un hacha en el aire.

El chico entró en la habitación y se detuvo.

Siete hombres sentados a una mesa de grandes dimensiones se voltearon y miraron a Heinz en silencio.

De la pared colgaba un cuadro oscurecido por el humo que representaba a san Jorge matando al dragón.

—¿Qué quieres? —preguntó un hombre de pelo largo sentado junto a la pared, en medio, justo debajo del cuadro del santo.

—Me he perdido, comer, compasión, comer, mucho frío —susurró Heinz en lituano.

—No tenemos nada de comer, pero bebe algo —respondió el hombre, y empujó hacia él sobre la mesa un vaso lleno de vodka—. No puedes quedarte aquí, tómate eso y vete. Así no te helarás de frío —le instó.

Heinz se acercó, tomó el vodka y se lo bebió de un trago. Tosió. Sabía horrible, le quemaba la garganta y le faltaba el aire. Los hombres lo miraban sin decir nada, la pausa se volvió larga e incómoda. El hombre que lo había dejado entrar le dio un golpecito en el hombro.

—Vete. Aquí no puedes quedarte. Vete y olvida que nos has visto.

Heinz se encontró de nuevo a la intemperie. Todavía tenía frío, pero el vodka le ardía por dentro. La cabeza empezó a darle vueltas. Caminó y caminó, caminó y caminó; debía alejarse de la cabaña tanto como fuera posible. Sus piernas se movían de manera automática, como si no le pertenecieran, como si se obedecieran a sí mismas.

Por fin aparecieron algunas chozas, se oyó el zumbido de un motor y unas luces como de un automóvil centellearon directamente delante de sus ojos. Heinz no pudo luchar por más tiempo contra el sopor, el mundo giró a su alrededor y él se desplomó y se durmió.

Renate caminaba por las calles del pueblo. Fue al mercado y allí volvió a ver al anciano Rapolas, que le había dado pan la última vez.

Le pidió pan de nuevo y el viejo le dio una rebanada.

Rapolas era una persona mayor y bastante extraña; tan pronto se reía como se asustaba o se entristecía. La niña le tenía un poco de miedo, pero no le quedaba otra opción.

Quería ir a Lituania. El viejo le dijo que la llevaría a cambio de que bailara.

Renate bailó. Algunas personas la miraron mientras Rapolas se reía.

Cuando llegó la mujer de Rapolas, Ona, este le dijo que Renate viajaría con ellos a Lituania. La niña agradó a la vieja.

Rapolas, su mujer y Renate viajaban en un carro jalado por un caballo. La anciana enseñaba a la niña frases en lituano, le dijo que se llamaría Marytė. Renate aprendió a decir: «Me llamo Marytė». Ona le dijo que era muy importante, porque los soldados comprobarían que no fuera alemana. Renate se esforzó en recordar las palabras que le enseñaban.

Llegaron al puente que atravesaba el río Nemunas. Los soldados les cortaron el paso.

—¿Esta niña no es alemana? —preguntaron.

—Me llamo Marytė —repetía Renate en lituano una y otra vez.

El viejo pagó la aduana exigida. Ya iban a continuar su camino cuando de pronto empezó a sonar un despertador oculto entre la paja.

Los soldados encontraron la valiosa pieza y otros objetos escondidos. Le dieron una paliza al viejo y se apoderaron de todo lo que les gustaba. Por fin los dejaron proseguir el viaje.

Una vez que pasaron el puente y lo dejaron atrás, el viejo detuvo el carro. Empezó a gritar que todo había sido culpa de Renate; si no hubiera sido por ella, los habrían dejado pasar sin detenerse. Ya estaban en Lituania, ya la había llevado hasta allí, así que le ordenó que se bajara.

Renate se bajó del carro y se quedó sola en medio de los campos. Sin embargo, después de avanzar unos metros, el vehículo se detuvo. Parecía que Ona había convencido a Rapolas.

La vieja llamó por señas a Renate, que corrió hasta el carromato.

Se sentó de nuevo junto a ellos y desaparecieron a lo lejos.

Oscuridad. Oscuridad. Oscuridad.

Llevaba demasiado tiempo sumido en la oscuridad. En la negrura absoluta oía la voz de una mujer cantando una canción maravillosa. Era difícil entender lo que decía, pero era la canción de una madre.

Heinz abrió los ojos. Tenía el pelo pegado a la frente por el sudor.

Estaba rodeado de luz y yacía sobre sábanas blancas.

Heinz vio a una mujer que tarareaba aquella hermosa melodía junto a la ventana. Miraba hacia fuera mientras la luz caía a través de las cortinas de encaje.

Heinz reconoció a su madre. Entendió que todo lo que había vivido no era más que una pesadilla.

Sus labios estaban secos y tenía fiebre, pero sonrió y dijo:

—Mamá... Mamá...

La mujer se giró. Sonreía.

En los ojos de Heinz se dibujaron el sobresalto y la decepción; no se trataba de su madre.

La cara de su madre desapareció y en su lugar tomó forma el rostro de una desconocida.

Era una mujer hermosa que sonreía con ternura, pero no era su madre.

Era una desconocida.

Hasta la luz a su alrededor cambió de naturaleza, se tornó más gris; la realidad regresó. La mujer exclamó en ruso:

—¡Aliosha, se ha despertado, el niño se ha despertado!

Heinz intentó gritar, quería expulsar de su interior el miedo y la decepción. Se agitó en la cama de un lado a otro con impotencia, se agarró a la almohada.

Asustada, la mujer corrió hasta la cama, abrazó al niño e intento calmarlo.

—No, no hagas eso, mi vida, no tengas miedo, estás enfermo, aquí nadie te hará nada malo... —le susurró en ruso.

Sobresaltado por los gritos de su mujer, un capitán del Ejército Rojo entró en la habitación a paso ligero. Era guapo y esbelto, de rostro severo pero inteligente; posiblemente procedía de una familia con una larga tradición en el ejército.

Su mujer, Aliona, era intérprete de lengua alemana. Estaba embarazada de ocho meses.

Aliona le acarició la cabeza a Heinz. Este hablaba de manera inconexa; parecía que aún no se había despertado del todo.

—Yo no he hecho nada, solo quiero irme a mi casa...

Los ojos asustados del niño se cruzaron con la mirada penetrante del oficial.

—Alionushka, te dije que era alemán...

—No es más que un niño, un niño enfermo. —Y dirigiéndose a Heinz, murmuró—: Calma, cálmate, mi vida... Solo es Aliosha...

Aliona atrajo hacia sí a Heinz y volvió a acariciarle la cabeza. Heinz se tranquilizó. Confiaba en aquella mujer hermosa y buena que tanto le recordaba a su madre.

Una pequeña localidad lituana, la esquina de una calle, escasos viandantes; atardecía.

Renate bailaba al son de una extraña melodía; el viejo Rapolas tocaba su peine. Vendían canastas de mimbre hechas por ellos mismos. A los pies de Renate, una gorra contenía unas monedas de poco valor.

La niña tenía ojeras y estaba sucia. El viejo tocaba una melodía alegre e infantil; nadie compraba sus canastas de mimbre.

Una mujer de edad avanzada se acercó a ellos y se detuvo unos instantes. Contempló con lástima a la niña que bailaba y al viejo loco. Rebuscó en su gastado monedero, encontró unas monedas sueltas y las echó a la gorra.

El viejo Rapolas se mostró satisfecho y sonrió enseñando sus dientes amarillos.

—Gracias, querida señora, rezaremos por su corazón de oro y por su salud... Que Dios le pague su generosidad... Y ahora sea tan amable y elija una de

160

nuestras canastas, las tenemos pequeñas y grandes, las he hecho con mis propias manos. Sirven para todo: transportar, guardar, decorar...

La mujer levantó algunas canastas; parecía indecisa entre irse o quedarse.

—No están mal, pero qué voy a guardar en ellas ahora... No queda nada que guardar...

Al fin la mujer se fue. El viejo volteó hacia Renate enfadado.

—¿Para qué te traje conmigo? —Y añadió en alemán—: Míralos con ojos tristes, ofréceles las canastas, pónselas en las manos... No haces nada, solo te comes mi pan...

Rapolas le dio un manotazo en la cabeza y la niña se alejó de un salto para que el viejo no la alcanzara. Lo miró con ojos rabiosos como los de un animal. Se contemplaron en silencio.

—Recoge las canastas, nos vamos a casa.

El camino discurría largo y estrecho a través de campos nevados y desaparecía en un bosque a lo lejos. El sol se ocultaba tras los árboles; rojo y brillante, prometía una jornada fría al día siguiente.

Por el vacío camino invernal se acercaban dos personas que más parecían dos criaturas de otro mundo: Rapolas y Renate, cargando con las canastas que no habían vendido, caminaban tranquilos por el suelo helado en dirección al bosque.

Renate iba un poco rezagada.

Su respiración era pesada y rítmica y exhalaban nubes de vapor.

Sus pasos se alejaron, sus siluetas se hicieron cada vez más y más pequeñas.

Renate y Rapolas tomaban a sorbos algo parecido a una sopa. La vieja no se había levantado, estaba enferma.

Renate le dio de comer con una cuchara. Le cantó una nana que su madre le cantaba a ella.

Renate entró en la casa con leña para el fuego. Rapolas le dijo que Ona había muerto.

—Voy a avisar a la gente para que vengan a verla. Tú puedes hacer lo que quieras —masculló el viejo, y se fue.

Renate se quedó sola con el cadáver de la anciana. No le temía a la muerte, pues no era la primera persona sin vida que veía; pero sí tenía miedo de la oscuridad.

Y el viejo no regresaba.

Empezó a imaginarse sombras y bestias, oyó ruidos extraños: golpeteos de postigos, el silbido del viento en la chimenea, algo parecido a un ladrido en la distancia.

Para sentirse más segura, Renate se metió en la cama junto a la muerta, se acurrucó junto a ella y susurró una melodía en voz baja intentando insuflarse valor. Al fin se durmió.

Soñó que era verano y que estaba de nuevo con su madre. Sin embargo, una sombra cayó sobre ellas y entonces reconoció a su padre. Le dijo: «Papá», pero entonces notó que a su padre le faltaba la cabeza.

Renate se despertó, la despertaron unas personas que acababan de llegar a la casa, tal vez avisadas por Rapolas, o tal vez no... Se sorprendieron de que la niña durmiera junto a la muerta.

Renate siguió sus movimientos. Alguien encendió una vela.

De pronto apareció Rapolas, que expulsó a Renate de la casa. Ahora que su mujer ya no estaba no había razón para mantenerla.

Renate empezó a caminar por el camino desierto, sola.

De noche, en la casa donde se habían instalado el oficial soviético y su mujer.

Heinz contemplaba las estrellas y la luna; después abrió la puerta de la cocina y buscó en la oscuridad. Encontró pan, papas y alguna cosa más de comer; se disponía a robarlo, pero luego cambió de idea.

Le pareció oír sonidos provenientes de la habitación contigua.

De allí llegaban las suaves notas de una melodía.

Entró en el vestíbulo. La puerta del dormitorio estaba abierta.

Heinz vio a Aliona acostada sobre las sábanas blancas, su marido, Alekséi,* a su lado. De un gramófono colocado sobre la mesa —quién sabe cómo había llegado hasta allí— sonaba una antigua aria alemana de alguna ópera cómica u opereta.

* El diminutivo de Alekséi es Aliosha, que es como ha aparecido antes este personaje en la novela. *(N. de la T.)*

166

Deshielo, el agua goteaba de los carámbanos.

Sentado en un banco, Heinz, ya recuperado, escuchaba a Aliona mientras veía pasar por la calle vehículos de guerra y grupos de soldados en formación militar.

—Qué bien que la guerra haya acabado —decía Aliona—. Mi bebé nacerá en tiempos de paz. ¿Te imaginas? Paz en todo el mundo. Nadie volverá a declarar la guerra en ningún sitio, nadie derramará jamás la sangre de otra persona otra vez. ¿Tú crees que será así? —preguntó.

—Tengo que regresar a casa —dijo Heinz—. Me esperan mi mamá y mi hermano Helmut y mis hermanas. Están pasando hambre. Tengo miedo de que se mueran.

—No, no se morirán; ya llegó la paz, ahora todo cambiará. Y nosotros te daremos mucha comida. Te llenaremos la mochila. Y Alekséi te acompañará a la estación. Le diré que escriba un permiso oficial para ti. Así nadie te prohibirá el paso.

Después escucharon a Mozart. Esa misma música que había sonado la noche anterior.

Sentados junto a la casa, construida en lo alto de una colina, contemplaban el mundo, que rodaba y marchaba a sus pies.

Alekséi acompañó a Heinz a la estación de ferrocarril.

Lo sentó en el tren y ordenó al maquinista que acompañara al chico sano y salvo hasta la parada en la que él quisiera bajarse. Por si acaso, le entregó algo escrito en un papel; un salvoconducto.

El tren se puso en marcha. Por el semblante del oficial era imposible adivinar si sentía lástima por el muchacho, si le traía sin cuidado o incluso si lo odiaba, igual que al resto de los alemanes.

Entre los resoplidos y bufidos de la locomotora atravesaron los campos de Lituania. Comenzaba a vislumbrarse la primavera.

Como un enorme gusano de metal, el tren surgió del lejano invierno expulsando humo y chispazos, disminuyó la velocidad entre gemidos y escupió al niño con su mochila de lona al hombro. Heinz saltó al andén sin esperar a que el tren se detuviera por completo. Los pies tocaron cemento helado, Heinz se dio la vuelta y levantó la mirada, pero no vio al maquinista. Probablemente estaría ocupado accionando las palancas necesarias para frenar. A punto estuvo de chocar con unos soldados rusos que esperaban al tren; resbaló y consiguió no caer. Sentía el corazón agitado, como un pajarillo que se cuela sin querer en una habitación. No se detuvo al oír la pregunta en una lengua desconocida —quizás le increparon por su temeridad—, saltó a la nieve ennegrecida que se extendía a la derecha y corrió hacia la creciente oscuridad.

Nadie lo siguió. Los soldados permanecieron en el andén. Había mucha gente, pero nadie hacía preguntas. Heinz era consciente, sentía el papel que le había dado Alekséi, el salvoconducto en el que se leía algo en letras rusas. No sabía leerlo, pero lo llevaba junto al corazón, lo ayudaba a ahuyentar el miedo.

Lo importante ahora era salir de la estación, luego pasar el río y la valla, y después todo sería más fácil. Debía pasar desapercibido, no apresurarse demasiado, no mirar a todos lados, no cruzar la mirada con nadie. Las personas eran como animales: si los mirabas a los ojos, atacaban al momento sin esperar; eran como perros o como lobos, no podías mirarlos a los ojos, porque verían que tenías miedo, que en el fondo de tus pupilas estaba escrito: «Apiádate de mí, déjame con vida, no me quites el pan, déjame, no te he hecho nada», y eso sería lo peor. El miedo reflejado en tus ojos es como una señal, nadie se apiadaría de ti, nadie dejaría pasar la oportunidad de quitarte el pan, el alimento que tanto te ha costado conseguir. Un alimento que esperaban mamá y tía Lotte, Renate y Monika y, sobre todo, Helmut, que, por alguna razón, era quien más sufría por el hambre. Al fin y al cabo, no todas las personas eran iguales, algunas eran capaces de soportar más dolor, pero Helmut no. Heinz caminaba atento a los ruidos, se esforzaba por oír cualquier sonido en el entorno, para que nadie lo atacara por sorpresa. Sin embargo, esa respiración, ese resuello de pajarillo que salía de sus propios pulmones, y los ruidosos latidos de su corazón, imposible de calmar, lo aturdían todo, todos los sonidos restantes, todo...

De pronto, alguien lo agarró del brazo. Heinz se

liberó dando un salto y entonces vio una boca que le decía algo, unos ojos brillantes de enfermo. Un hombre al que le faltaba una mano quería algo de él, era evidente el qué: su mochila, su pan; suyo no, el de su madre, de Helmut, de sus hermanas. El viejo se aferró a Heinz como una lapa, lo ahogaba, intentó arrancarle la mochila de la espalda, pero el chico mordió al horrible y apestoso anciano, se giró, lo tiró al suelo y se liberó de sus garras, se sacudió, intentó golpearle con una mano, cayó, se levantó de nuevo y echó a correr. Miró hacia atrás y vio que el hombre corría tras él.

—¡Eres mi hijo, eres mi hijo! —gritaba el infeliz. El hambre lo había vuelto loco y su voz cortaba la oscuridad como un cuchillo—: ¡Hijo, hijo...!

Heinz se tiró de cabeza debajo de un tren parado; de la negrura emergió a una zona iluminada y vigilada por rusos. Una voz le ordenó detenerse, pero no podía pues lo seguía el manco. El viejo perturbado apareció en la zona iluminada y allí se paró como petrificado, con nubes de vapor saliendo de su boca abierta y los ojos llenos de miedo.

—¡Stop! —gritó un soldado—. ¡Stop!

Se oyó un disparo —

—

—

—

— varias balas pasaron silbando por encima de la cabeza de Heinz, y esas mismas balas penetraron el pecho del loco que lo perseguía; los disparos de una automática lo cosieron a la noche, apagando la palabra «hijo» de sus labios.

Heinz se abalanzó al fondo de una zanja y se arrastró como un gato por un agujero abierto debajo de una valla. El alambre de púas le rasgó la mejilla y la mochila de lona se quedó enganchada en las púas, pero Heinz la liberó —no sin herirse las manos— y echó a correr. Cayó en la nieve negra y pastosa y prestó atención a los ruidos. No se oía nada, solo su propia respiración y los latidos de su corazón.

Por fin se calmó, se concentró y aguzó el oído; escuchó los ruidos de la noche, los sonidos que esta traía consigo. El loco ya no lo seguía y tampoco oía a los soldados. Nadie había soltado a los perros tras él. En algún lugar a lo lejos resonó un disparo aislado. De otro lugar llegaba una voz espantosa que cantaba; la canción continuaba, era interminable, de palabras incomprensibles. Tal vez ni siquiera fueran palabras, sino solo el viento de la estepa, lejano y hostil, como el aullido de un animal salvaje.

Heinz se tocó la cara, tenía sangre; las heridas en las palmas de las manos le ardían. Se abrazó a la mochila y dejó caer todo el cuerpo de costado. Sintió la humedad; la nieve estaba pastosa, empezaba a derretirse. Apretando la mochila contra sí prestó de nuevo atención a los ruidos y decidió continuar su camino.

Se levantó despacio, era importante no delatarse, no terminar en la zona iluminada; podía ser que aún lo buscaran los soldados que vigilaban la estación.

Heinz se orientaba bastante bien en la oscuridad, aunque a veces le resultaba difícil saber dónde se encontraba. Donde antes se alzaban edificios había ahora montones de ladrillos y de revoque, aquí y allá hoyos abiertos por los bombardeos. Sin embargo, no era la primera vez que pasaba por allí, se sentía en casa, deseaba llegar a casa; sabía cuánto lo esperaban, sabía lo que era el hambre.

Por fin llegó al viejo jardín, o lo que quedaba de él. Heinz se detuvo, aguzó el oído. Se oyeron ladridos a lo lejos; claro, eran los perros del enemigo, perros lobo, entrenados para matar a dentelladas. Estaban atacando a alguien, pero se encontraban demasiado lejos, no podía preocuparse por una víctima a tanta distancia. En su patio reinaba la calma.

No se veía nada, porque la nieve era de hacía varios días y estaba sucia, y el cielo, vacío; quizás ni siquiera había cielo, porque no distinguía nada, solo la oscuridad que parecía palpitar.

Heinz entró en el patio. Sentía el corazón hundido en las frías aguas del miedo y de los malos presentimientos; un escalofrío le recorrió el cuerpo. Allí estaba la puerta de la leñera abierta. ¿Era aquel realmente el lugar donde había dejado a su madre, su hermano y sus hermanas? Sí, lo era. Aquella era su casa. Con cuidado, Heinz abrió la puerta un poco más y entró en la oscuridad cegadora.

Silencio.

Dentro también hacía frío, igual que fuera; allí no habían encendido la estufa en mucho tiempo, no habían calentado agua ni tomado té. Aún no podía creer que no hubiera nadie, excepto la noche y los silenciosos esqueletos de los objetos abandonados.

—Mamá... ¡Mamá! —llamó con voz apagada, como si su madre pudiera responderle, como si estuviera en aquel lugar conquistado por el frío, escondida para gastarle una broma, dispuesta a saltar de su escondite junto con todos los demás al cabo de unos segundos, gritando y dándole la bienvenida, y lo abrazarían, le besarían la cara llena de arañazos, encenderían el fuego y algunas velas y hablarían con alegría de las aventuras de Heinz, mientras probaban lo que les había traído de Lituania, el pan, el tocino...—. Mamá —repitió a la oscuridad, pero la oscuridad no era nada más que oscuridad, no era su madre; en el mejor de los casos, refugio y amparo que lo protegería de soldados borrachos, que le dejaría cerrar los ojos y sumergirse en un sueño en el que tal vez se encontraría con su madre y con todos a los que extrañaba y a los que quizás nunca volvería a ver.

Heinz avanzó con cautela, rozó con la mano la chimenea de hierro de la estufa; estaba fría, igual que todo a su alrededor.

Heinz escuchó y escuchó en el silencio, como si

aún confiara en oír una respuesta, pero nadie respondía.

Su familia ya no estaba.

No sabía qué les había ocurrido.

No sabía dónde buscarlos.

No sabía qué hacer.

Todo ese tiempo que pasó en Lituania, mientras estuvo enfermo y vivió en casa del oficial ruso y su mujer intérprete del alemán, todo ese tiempo no deseó más que una cosa: regresar a casa. Sobre todo, cuando Aliona le dio pan y tocino, cuando le llenó la mochila de lona del alimento que tanto necesitaban en su casa. Sobre todo entonces.

Pensaba que volvería a casa y todo se arreglaría, desaparecerían el frío y el hambre, saldrían adelante de alguna manera, volverían a Lituania; quizás todos, toda la familia, o quizás solo él con su hermana o con su hermano, ahora ya conocía mucho mejor los caminos y a las personas, ya sabía decir algunas cosas en lituano. *No moriremos, ahora ya no moriremos, ni tú, mamá, ni mis hermanas, ni tía Lotte, ni Helmut, pobre Helmut, es quien más sufre de hambre. Helmut, Helmut, ya no tendrás que pasar hambre, yo me ocuparé de ti, te arrancaré de los dientes helados de la muerte y los perros del infierno ya no volverán sus miradas de fuego hacia nosotros...*

Sin embargo, allí estaba, sentado en un cobertizo vacío, sintiendo que el frío le atravesaba el cuerpo, que lo invadían el cansancio y la desesperación, y el miedo.

Tenía que hacer algo. Echó la mochila al suelo, encontró cerillos envueltos en papel de cera y en tela. Los desenvolvió y preparó un fuego, temiendo ver las miradas de sus hermanas y sus sonrisas sin vida, la garganta abierta de su madre...

El cerillo prendió, la luz rasgó la espesura de la oscuridad y... no había nadie. El lugar estaba vacío. Se habían ido. Los habían echado. Habían huido. Se encontraban en otro lugar.

Gracias a Dios no estaban en aquel silencio, el silencio de una estancia vacía, no el de una tumba.

Heinz encendió el fuego en la estufa de hierro. Que la hubieran dejado allí significaba que los habían echado o los habían conducido a otro sitio a la fuerza, porque nunca habrían dejado atrás algo tan valioso. No habrían dejado atrás la estufa que protegía del frío. Aunque tal vez estuvieran agotados, tal vez no tuvieron fuerzas para transportar un objeto pesado de hierro para el que necesitarían un trineo; tal vez perdieron la esperanza de que él regresara y decidieron irse a otro lugar; tal vez les propusieron mudarse a una vivienda más adecuada...

Heinz contempló las llamas; crepitaban. Sacó de la mochila un pedazo de pan y, después de vacilar unos instantes, cortó un trozo de tocino. No podía comer mucho, debía dejar algo para su familia. ¿Y si volvían, y si aparecían —tal vez no ahora, no esta noche, pero mañana— y le explicaban que estaban cerca, quizás en casa de algún vecino? Al fin y al cabo, esperaban el alimento que él debía traerles, lo esperaban. ¿Cómo iba a comérselo todo sin dejar nada para sus hermanas y Helmut? Y para su madre.

La llama creció, abrasó las astillas, patas de una silla vieja, feliz como si perteneciera a otro mundo, un mundo despreocupado, saciado y lejano, un mundo de palacios, plata y sedas, un mundo en el que podría ver a sus hermanas bailando, hermosas como cisnes dando su último aliento...

De repente oyó un ruido.

Y otro.

Y otro.

Heinz prestó atención, preparado para apagar la llama de la estufa. Cerró la puertecilla para que se colara menos luz al exterior.

Los sonidos se repetían, como golpes, se hundían en la tierra como clavos.

Eran gotas que caían del tejado. El hielo se derretía.

Heinz sonrió: «He encendido un fuego y afuera la nieve ha empezado a derretirse».

En aquel lúgubre país los bosques no tenían fin y envolvían las granjas y los pueblos como un muro negro. Los lobos ya no temían a las personas; se alimentaban de cadáveres helados.

Las cunetas de los caminos rebosaban de ellos.

Tal vez por eso morían tantos lobos de rabia. O quizás no fuera por eso; también se alimentaban de perros vagabundos.

Es un sonido prolongado y estremecedor que despierta los miedos más antiguos del ser humano, eriza la piel y aguza el oído. Renate abrió los ojos aterrorizada y escuchó con la boca abierta aquel sonido lejano, el canto salvaje de la muerte.

—No tengas miedo. Solo es un lobo —le dijo un niño llamado Rudolf mientras desplumaba una gallina vieja.

La llama de la hoguera se reflejaba en los ojos de Renate, que escuchaba y contemplaba el bosque que los rodeaba y la noche que empezaba a envolverlos.

El fuego tranquilizaba y reconfortaba mientras lamía un pedazo de metal de algún vehículo militar que estaban usando como cazuela. En su interior se fundía la nieve.

Renate reconoció el olor penetrante del tabaco. Era Rita, que fumaba el tabaco que conseguía de soldados o locales. Rita tendría unos trece años, los cabellos enmarañados y la mirada triste y malhumorada. Apenas hablaba. Renate le temía. Rudolf era totalmente distinto, parlanchín y alegre. Qué extraño que la guerra no lo desanimara en absoluto ni lo hiciera envejecer. Rita aspiraba el humo del tabaco sin toser, tranquila como un viejo fumador experimentado. Experiencias a ella no le faltaban, lo llevaba escrito en la cara: no acariciaba ilusiones, no temía a la muerte, no esperaba nada.

El lobo volvió a aullar. Tal vez alcanzaba a oler la sangre de la gallina. Rudolf la estaba abriendo en aquel momento con un cuchillo romo. Renate lo observaba trabajar y se preguntaba si le darían algo de la gallina o no. Aún no le había dado tiempo de conocerlos bien, solo sabía sus nombres: Rudolf, Rita y Bellota, como se presentó el niño escuálido y tartamudo. Al principio Renate ni siquiera distinguió si se trataba de un niño o de una niña. Era un niño. Lo llamaban Bellota.

Rudolf sacó del ave abierta todo lo que se pudiera comer: el corazón, el hígado, otro pedazo ensangrentado y luego una especie de intestino extraño que recordaba un racimo de uvas, unas bolitas amarillas de distintos tamaños, unidas en un manojo.

—¿Qué es eso? —preguntó Renate—. ¿Qué son esas bolitas amarillas?

—Son huevos.

—¿Huevos?

—Los que iba a poner la gallina. Están ricos. Estos acababan de empezar a formarse.

—Como los niños en la barriga de una mujer —comentó de repente Rita.

Sorprendida, Renate volteó hacia aquella niña taciturna.

—¿Por qué? —le preguntó.

—¡Nnno le preguntes nnnada, nnnada! —empezó a gritar de repente Bellota, casi histérico—. ¡Nnno le preguntes nnnada!

Renate miró confundida a Rudolf, que sonreía con ironía mientras echaba los pedazos de la gallina a lo que casi se podía llamar cazuela. No dijo nada. Ella no dejaba de preguntarse si le darían o no de comer.

—Tiene miedo —explicó Rudolf.

—El niño en la barriga de una mujer también está en una especie de huevo —dijo Rita.

—¡Nnno le hagas pppreguntas, nnnno le hagas pppreguntas! —volvió a gritar Bellota, al tiempo que se tapaba los oídos. Luego se acurrucó en el rincón más profundo del refugio que habían construido con ramas de abeto.

Rudolf se echó a reír. Rita le tendió la colilla y él

también aspiró el humo acre y punzante, tosió pero siguió fumando.

—Un día encontramos en una granja el cadáver de una mujer. Estaba desnuda y le habían rajado la barriga. De la barriga le había salido un bebé pequeñito, estaba en una bolsa, como en un huevo. La bolsa se había desgarrado. Supongo que el bebé había intentado salir, pero se congeló. Los dos parecían hechos de hielo, la mujer y ese niño —dijo Rita y enmudeció.

—Me parece que fue entonces cuando Bellota se volvió loco —añadió Rudolf—. Lo encontramos en la misma casa, y cada vez que le preguntamos sobre eso no hace más que chillar. Quizás era su madre. Puedes intentar sacarle algo, pero no te contestará. Ahora ya no oye nada, solo tiembla y le castañetean los dientes. Rita le toma el pelo. Aunque yo creo que Rita tiene miedo de que le salga en la barriga un huevo con un bebé dentro, porque se trata con los soldados.

—Cierra el pico —lo reprendió Rita, al tiempo que le daba un pescozón.

En el patio reinaba el silencio.

Amanecía.

Era aún muy temprano, apenas rompía el alba.

Heinz abrió la puerta de la leñera, se encorvó y salió a la niebla que se extendía por el patio. Del tejado caían gotas casi como en primavera. Y era cierto: la primavera se acercaba, ya brillaba a lo lejos con su mensaje de esperanza. Despacio, dio unos pasos sin saber qué hacer, adónde ir. Se sentía solo de repente, aún más que por la noche. Una culebra le oprimía el corazón, se enroscaba en torno a él y lo apretaba hasta aplastarlo. Quería gritar, llorar, pero tenía los ojos secos. Solo sentía sobre las mejillas la humedad de la niebla eterna, una niebla que más parecía llovizna.

Caminó por el patio de su infancia. Estaba destrozado. Pisó la nieve ennegrecida y medio derretida ya, pasó junto a un carro hecho pedazos, junto al pozo. A través de la niebla, como un lugar ajeno a él, se vislumbraba su casa; las ventanas parecían ahora cuencas de ojos vacías, ciegas y horribles. Tras aquellas ventanas dormían personas extrañas. ¿De verdad era aquel el lugar donde su padre lo reprendía y su madre lo defendía? ¿Donde él mismo se enfadaba con el abuelo porque no soportaba el olor de su tabaco, sus juegos de cartas o su vino? ¿En serio fue allí donde pintó para Renate a Ícaro sobre una hoja enorme de papel? ¿Podía ser que detrás de aquellos ojos negros sin vida decoraran el árbol de Navidad, colgaran de él manzanas y dulces, ángeles que su madre y sus hermanas pequeñas recortaban; que fuera allí donde hacía rabiar constantemente a Brigitte para que esta le pagara al momento con la misma moneda; que esperaran con ilusión la llegada de Lotte, sus regalos, sus canciones? ¿Acaso no volvería a oír cantar nunca más a su tía, ni a su madre acompañándola al piano o a su padre tocando la armónica? *Castígame, padre, por no haber sabido, por no haber atesorado, por no haber apreciado cada uno de los momentos de aquella vida, esos detalles en los que consiste la felicidad. Castígame con la pena que quieras, pero déjame despertar de este sueño, déjame resucitar de este invierno encharcado y muerto, lávame los ojos con el agua de la vida para que vuelva a ver, para que todo vuelva a la normalidad del pasado, para que se desvanezca esta pesadilla provocada por los demonios de la muerte... Dios, ¿adónde puedo ir ahora? ¿Qué voy a hacer?*

No había comido casi nada. En su mochila de lona llevaba todo lo que Aliona le había dado para el viaje: pan, tocino, conservas americanas... Sin embargo, la noche anterior apenas había sido capaz de llevarse algo a la boca y ahora tampoco podía probar bocado. ¿Cómo iba a comer alimentos que había traído para su madre, sus hermanas y Helmut? ¿Qué sentido tenía comer cuando estaba solo, cuando no había nadie que lo llamara con la voz de su madre, que lo acariciara, que se riera de las bromas de sus hermanas? ¿Qué sentido tenía cuando ninguno de sus seres queridos se encontraba a su lado y la esperanza de volver a verlos no hacía más que disminuir? Esa esperanza se debilitaba cada vez más, se había disipado a lo largo de la noche y ahora no era más que una frágil chispa en lo más hondo de su corazón.

Pasó junto a los árboles frutales que él mismo había ayudado a plantar a su padre. Allí estaban los ciruelos, que seguro que se habían helado aquel invierno; recordó lo duro que fue cargar con las cubetas rebosantes del agua necesaria para regarlos. Allí estaba el manzano reineta, bajo el cual se fotografió su madre una vez; quedó inmortalizada, feliz y sonriente, sobre el papel amarillento de la fotografía, con la brisa meciendo su vestido claro. Aquel verano seguía vivo en esa fotografía, una fotografía tan fácil y difícil de recordar al mismo tiempo, que ya no poseía, que tal vez ya ni existiera, que yacía boca abajo enterrada entre los desechos de la guerra.

Continuó avanzando despacio por las profundidades silenciosas de un mar. De repente, de la niebla, de la bruma pétrea de la guerra emergió la silueta de la muerte. No, no era su silueta, sino su rostro. Enorme, con cuernos, cubierto de sangre y con espumarajos en los labios, los ojos blancos y saltones. No vivía, pero su mirada estaba clavada en Heinz. Lo miraba y le preguntaba: «¿Qué estás haciendo en mis dominios? ¿Qué haces en medio de esta bruma? Aquí estuvo una vez tu jardín, tu patio, tu casa, pero ahora es mi infierno particular, mi tierra de los muertos, mi reino».

Heinz permaneció inmóvil, desconcertado ante aquellos ojos de hielo. Siguió mirando hacia arriba, preguntándose quién demonios querría colgar una cabeza de vaca sobre la rama rota de un árbol. Tenía un peso considerable y era carne, nada más que carne y huesos, igual que la cabeza de todas las vacas, igual que la cabeza de su vaca *Polvorosa*, aquel animal que en un tiempo les proporcionó alimento y que mugía a modo de saludo cuando reconocía a lo lejos a la persona que se acercaba para ordeñarla. Heinz se rio para sus adentros, reaccionando con desdén a las recriminaciones de aquel ídolo. Ya no temía a aquella farsa idiota de la muerte, aquella máscara.

Bajó los ojos al suelo y continuó inerte y en silencio mientras la niebla descendía sobre su cabeza y sus hombros. Cerró los ojos; el cansancio, el vacío y la desesperanza lo oprimían contra la tierra, contra la nieve blanda y sucia.

Se quitó la gorra y empezó a llorar. Hasta ese momento había pensado que no le quedaban lágrimas, pero estas irrumpieron de un abismo sin fondo como un fuego, como el filo de un cuchillo. Como si acabara de despertar.

No eran lágrimas, sino azufre.

No corría nada de aire ni se oía ruido alguno excepto sus propios sollozos. ¿O había algo más?

Prestó atención, se concentró. El rumor no cesó, sino que aumentó, se acercaba como se arrastra un enorme gusano o como un reguero de agua se abre camino por la arena.

Heinz se giró. De entre la niebla, de entre la bruma, de un mundo en el que no existían horizontes ni cielo, se acercaba una sombra extraña y gigantesca de movimientos rítmicos y amenazadores.

Por fin distinguió unas figuras; eran personas. Un montón de gente, una multitud que avanzaba con las manos caídas y arrastrando los pies por el camino que pasaba junto al patio de su casa. Se movían todos a un tiempo, remaban de una orilla a otra de la bruma a un ritmo lento pero cadencioso. ¿Adónde se dirigían? Quién lo sabía... Parecían llevar largo tiempo muertos. Heinz se preguntó asustado si la máscara de la muerte no sería real, si no estaría muerto como aquellos esqueletos meditabundos.

Sin embargo, de la columna conducida por unos pocos soldados rusos apenas armados —nadie planeaba huir a ningún sitio— se separó una persona con vida. Sí, estaba viva, viva, y se acercaba a él corriendo feliz sin hacer caso a los gritos de un ruso —que lo reprendió más por un sentido del deber que por necesidad real— y le gritaba:

—¡Heinz, Heinz! ¡Soy yo, Albert! Eché un vistazo por si te encontraba, ¡sabía que estábamos pasando al lado de tu casa!

Se abrazaron un instante, se palmearon los hombros.

—Por desgracia no he encontrado a mi familia, y la tuya tampoco está, probablemente los llevaron a otro sitio. Tenemos que irnos de aquí, tal vez los encontremos, es muy posible. Dicen que nos llevan a Alemania, allí volveremos a verlos. No podemos vagar perdidos por el mundo toda la vida, y aunque nos perdamos, al menos intentaremos encontrarlos, hay que intentarlo, ¿no crees? Vamos, ya hace tiempo que se fueron. ¿Qué vas a hacer tú aquí solo? Además, no te dejarán quedarte aquí...

De repente, la realidad regresó y se oyó el crujido de la gravilla bajo los pies de los alemanes. Había ancianos y mujeres, niños; algunos llevaban un fardo, otros algún objeto de mobiliario, otros nada. Albert estaba demacrado, las ojeras más oscuras de lo habitual. Sin embargo, sus ojos irradiaban vida.

—¡Qué alegría haberte encontrado! No guardaba esperanzas, pero aun así he buscado su casa con la mirada, por si acaso, quién sabe... Y de repente he visto que había alguien bajo el manzano. No puede ser Heinz, he pensado, pero sí, ¡es Heinz! ¡Mis ojos no me engañan! Qué bien, Dios mío, qué bien que te he encontrado...

Otro soldado ruso gritó algo, ya se acercaban los últimos de la columna. Tenían que irse, no había otra salida.

Se unieron a la fila y desaparecieron en la niebla junto a los demás. Heinz echó la mirada atrás un par de veces, pero allí ya no quedaba nada que ver.

Un camión cubierto cargado de mercancía se acercaba a una tienda en la plaza de un pueblo.

En compañía de tres niños, Renate esperaba a que llegara el momento adecuado.

El camión pasó frente al establecimiento y el conductor tocó el claxon antes de entrar en el patio trasero. Allí se encontraba el acceso para los proveedores.

Stasė, la encargada, salió al encuentro del camionero. Firmó el recibo, y luego cada uno sacó del vehículo una charola de pan negro. Las hogazas eran de molde y no parecían muy apetitosas.

—Cada vez hornean menos el pan —suspiró la empleada.

Ambos desaparecieron en la despensa de la tienda.

Desde la esquina del edificio, los niños seguían todos sus movimientos.

—A la una, a las dos..., ¡ya! —gritó Rudolf.

Renate vaciló unos instantes, pero luego corrió hasta el camión junto con los demás. Se abalanzaron sobre los panes y se apoderaron de tantas hogazas como pudieron.

El conductor salió corriendo y dando gritos de la tienda. Sin detenerse, empezó a soltarse el cinturón.

—¡Les voy a enseñar lo que es bueno, malditos ladrones! ¡Que venga el diablo y se los lleve! —gritaba el hombre furioso.

Los niños se dispersaron en todas direcciones. Renate fue la última en reaccionar, desconcertada; abrazando un bollo contra el pecho, resbaló y se cayó de bruces.

El conductor la agarró de la nuca como si fuera un cachorrillo y la sacudió con rabia de un lado a otro. Luego empezó a golpearla con el cinturón. Renate gritaba de miedo, de vergüenza y de dolor.

La cara del hombre se puso roja de furia; sacudía y sacudía sin preocuparse de dónde caían los golpes.

La encargada salió corriendo de la tienda y le sujetó el brazo al conductor.

—¡Por amor de Dios, pare, pare...!

—¡Es una ladrona, una maldita ladrona!

—No es más que una niña, una niña... ¡Suéltela, deje de pegarle, suéltela!

—¡Son como piojos, ahora están por todas partes, como piojos...!

Renate cayó al suelo; el bollo rodó de entre sus brazos. Tirada de espaldas, miró con ojos llenos de rabia y miedo a la mujer que hablaba en una lengua desconocida.

Se arrastró llena de dolor y vio el bollo caído en el suelo. Se apoderó de él con decisión; por nada del mundo se desprendería de él.

—Hay que aleccionarlos cuando aún son jóvenes, luego ya es demasiado tarde... ¿No ves cómo nos mira? ¿No lo ves?

Stasė se dirigió a Renate:

—¿De dónde eres? ¿Quién es tu madre? No me tengas miedo. ¿Por qué robas? No está bien robar, no está bien...

El conductor transportaba otra charola con productos.

—Es alemana..., como todos esos niños lobo, el bosque está ahora lleno de ellos, son como piojos, no hacen más que robar y mendigar...

—¿Eres alemana? ¿Me entiendes? —preguntó Stasė en alemán.

Renate afirmó con la cabeza.

—No tengas miedo, no huyas. No está bien robar. ¿Tienes hambre?

Renate asintió.

El conductor las miró y se rio, como diciendo: «No hay nada que hacer con las mujeres». Escupió, se sentó en el camión y gritó:

—¡El recibo está encima de las cajas!

El vehículo salió pesadamente del patio lleno de baches.

—¿Dónde está tu mamá? —preguntó Stasė.

—Me he perdido...

La mujer observó a la niña asustada y magullada y sintió que se le encogía el pecho.

—Pobrecilla...

Renate miró a Stasė. Tal vez empezaba a confiar en aquella mujer joven.

Stasė le dirigió una sonrisa alentadora.

Stasė vendía pan y otros productos de alimentación básica. Las clientas no dejaban de lamentarse del invierno, del hambre, de la calidad del pan, de aquellos tiempos horribles.

Renate se había sentado en un rincón de la trastienda. Por una rendija de la puerta que se encontraba justo detrás del mostrador oía las palabras, incomprensibles para ella, y veía la destreza con que trabajaba Stasė. Esta volteaba de vez en cuando y la confortaba con una sonrisa.

Ya no recordaba cuántos bollos se había comido. Tomó otro bocado. No le bajaba por la garganta, pero lo empujó con el dedo y se lo comió a pesar de todo.

Por la cara le correteaba un piojo.

La casa de Stasė tenía dos partes; en una vivía ella con su marido y su hermana, y en la otra se habían instalado varios *stribai*,* colaboracionistas paramilitares de las fuerzas soviéticas. De allí llegaban ruidos constantes de borracheras, canciones y maldiciones.

Un ruso local de baja estatura y poco atractivo llamado Mikita atravesó el patio haciendo eses. Iba armado; pertenecía a las filas de los *stribai*. Se acercó a una ventana tras la que se oían risas y voces embriagadas. Llamó con los nudillos y se agachó para que no lo vieran. Se reía. Dentro bajó el ruido y un hombre miró con cuidado por la ventana. En ese momento Mikita se levantó de un salto y se colocó justo fren-

* Estas unidades paramilitares estaban controladas por el NKVD y se encargaban de perseguir a los partisanos lituanos que se enfrentaban a las fuerzas invasoras soviéticas. En ruso recibían el nombre de *istrebíteli*, exterminadores. *(N. de la T.)*

te a él. El hombre desapareció mientras Mikita se carcajeaba.

De la casa salió un colaboracionista borracho; estaba furioso.

—Carajo, Mikita. Un día te mataré de un tiro, ya verás.

—¿De quién tienes miedo? De Mikita, ahora todos me tienen miedo. Y está bien que así sea, carajo.

—Te gustaría. ¿Trajiste el aguardiente?

El ruso separó las piernas, se tambaleó y orinó contra el muro de la casa.

Renate estaba sentada en una cuba de agua caliente, rodeada de espuma y vapor de agua.

Se oían los gritos de Mikita y los otros colaboracionistas que se peleaban en el zaguán.

Stasė lavaba a la niña, le enjabonaba el pelo.

Junto a la ventana, Elzė miraba el patio, donde todavía se tambaleaba un borracho armado con un rifle. Elzė era la hermana mayor de Stasė, una solterona que siempre estaba malhumorada y de mala cara, como si no quisiera mostrar los dientes podridos, pero que hablaba sin parar.

Los gritos de los colaboracionistas asustaban a Stasė, pero ella hacía esfuerzos para que no se le notara. Elzė seguía hablando.

—Mira que traer a una alemana... ¿Acaso no sabes que hay que informar a las autoridades locales de la presencia de estos niños alemanes? Se pasean por aquí mendigando y robando, tal vez hasta transmitan enfermedades. Son la muerte. Y encima con estos rusos en casa, que se tambalean siempre por aquí borrachos... ¿Quieres que nos deporten, que nos manden a todos a Siberia? ¿Para qué necesitas a esta niña? ¿Para qué la quieres ahora que te has casado, ahora que pronto tendrás tus propios hijos? ¿Estás dispuesta a irte a Siberia por ella? ¿Quieres que me deporten a mí también por ti, por culpa de tu generosidad, de esta niña con la que solo puedes hablar a media voz, en susurros, para que nadie sepa que hablas alemán?

Stasė cubrió a Renate con una toalla grande, la sacó de la cuba y empezó a secarla.

—Menos mal que no entiendes nada de lo que parlotea la gruñona de mi hermana —le dijo a Renate en lituano.

Luego la llevó envuelta en la toalla a la habitación más grande de la casa, donde le había preparado una cama. Allí la sentó en una silla.

—Te voy a dar un camisón, te quedará grande... —se rio—, porque es mío, pero mañana te haré uno precioso, y un vestido... Ahora tienes que dormir.

Stasė sacó su camisón del ropero, se lo puso a Renate y la acostó sobre las sábanas blancas. Se sentó al borde de la cama y le acarició la cabeza.

Renate tendió las manos hacia ella.

Stasė se acostó al lado de la niña.

De repente, Renate la abrazó con todas sus fuerzas.

—Sé mi mamá, sé mi mamá...

—Lo seré, lo seré... Te lo prometo... —murmuró Stasė, y besó a la niña en la cabeza.

Renate cerró los ojos.

Antanas, el marido de Stasė, cortaba leña. Los chasquidos resonaban en el silencio de la mañana. De la chimenea se elevaba una columna de humo.

Renate se despertó. Los primeros rayos del amanecer se colaban por la ventana. Oyó los golpes del hacha de Antanas.

Permaneció unos instantes con la mirada clavada en el techo, como si no creyera lo que veían sus ojos. Luego arrojó la cobija a un lado, se levantó y caminó descalza por el suelo limpio, reluciente incluso.

Oyó ruidos en la cocina a través de la puerta entrecerrada. Se acercó y vio a Stasė cosiendo un vestido. Parecía feliz. Renate deseó grabar en su memoria la cara de Stasė, aquel momento; o tal vez intentaba comprender mejor la naturaleza de las personas.

El reloj de pared contaba ruidosamente los segundos. Renate se retiró de la puerta y examinó la habitación en la que había pasado la noche. Se acercó al reloj y contempló el péndulo. Luego fue hasta el aparador antiguo. Allí admiró una delicada bailarina de porcelana y un retrato en un marco de metal de una mujer hermosa y sonriente que se parecía a Stasė.

Renate tomó la bailarina entre las manos y la inspeccionó fascinada. Luego volvió a colocarla en su sitio, pero entonces llegó un ruido de la cocina, Renate se sobresaltó, la bailarina cayó al suelo y, para horror de la niña, se rompió. En ese momento se abrió la puerta.

Asustada, Renate se apresuró a meterse de nuevo en la cama.

Miró atemorizada a Stasė. Esta sostenía entre las manos un vestido y una especie de abrigo o unas pieles.

—Buenos días. ¿Te asusté? No tengas miedo...

Stasė estiró las manos hacia Renate, retiró la cobija con cuidado y abrazó a la niña. Luego la subió a la silla.

—Te he cosido algo... Habrá que probártelo...

Stasė le puso el vestido.

—Tienes que estar guapa, vas a conocer a tu papá.

Renate se sobresaltó. Acababa de sacar la cabeza por el cuello del vestido. ¿A su papá?

—Sí. Se llama Antanas. Tendrás que aprender un poco de lituano. ¿De acuerdo?

Renate asintió con la cabeza.

Antanas, el marido de Stasė, cortaba leña. Stasė condujo hasta él a Renate, envuelta en un abrigo que le quedaba demasiado grande.

Antanas se detuvo y contempló a la niña con el hacha en la mano. A Renate le pareció un gigante.

—Tenemos que decirte una cosa... —dijo Stasė en lituano. Luego se agachó y, sonriendo con picardía, le dijo a Renate en alemán—: Pregúntale, cariño.

Renate preguntó en lituano, pronunciando cada sílaba con cuidado y timidez:

—Papá, ¿tienes pulgas?

Sorprendido, Antanas calló unos instantes. Luego se echó a reír a carcajadas.

Atemorizada, Renate miró a Stasė, que la felicitó y le sonrió feliz.

Viendo que tal vez había asustado a la niña, Antanas se agachó junto a ella.

Renate se abrazó a Stasė en un intento por esconderse.

202

Antanas sonrió.

—No, no tengo pulgas..., querida hija. —Alargó una mano y tomó la de Renate—. Necesitas guantes. ¿Cómo se dice «guantes» en alemán?

—Tenemos guantes —dijo Stasė, al tiempo que le daba a Renate unas manoplas de colores tejidas por ella. Eran las suyas; se haría otro par, hoy no tenía frío—. No me ha dado tiempo de tejer otros, lo haré cuando vuelva del trabajo.

—Ponte los guantes de Stasė.

Antanas intentó ponérselos con una sola mano y Stasė se apresuró a ayudarlo. En ese momento, Renate descubrió que aquel hombre alto y fornido era manco.

—¿Me ayudarás a cortar leña?

—No digas tonterías, Antanas. Cómo va ayudarte, solo es una niña...

—Vete, vete. Ella y yo nos entenderemos, no te preocupes...

Stasė sacudió la cabeza y dirigió a Antanas una mirada de reproche, como diciéndole: «No empieces con tus bobadas», pero Antanas sonrió e insistió:

—Vete, vete tranquila.

Stasė se arrodilló junto a Renate, le colocó un mechón desobediente bajo el pañuelo y le dijo en alemán:

—Tengo que ir a trabajar, tú te quedas aquí con papá...

Renate la miró con ojos asustados.

Stasė la besó y se fue. Se alejó por el camino que partía de la casa en dirección al pueblo.

Antanas hablaba en un alemán muy divertido, entrecortando las palabras e intercalando el lituano una y otra vez; también se ayudaba con gestos.

—Me ayudarás a cortar leña, ¿verdad?

Renate lo miraba en silencio.

—No tengas miedo, será muy fácil. Solo tienes que mostrarme qué pedazos cortar. ¿Con cuál empezamos? Dime. No tengas miedo, pequeña. ¿Qué leño quieres que corte?

Por fin, Renate se armó de valor y señaló uno con el dedo. Su padre lo levantó, clavó en él su hacha y lo colocó sobre el tocón. Luego extrajo el hacha, tomó impulso y cortó la madera en dos de un solo golpe.

Mikita emergió somnoliento del lado de la casa donde se alojaban los colaboracionistas. Sacó una papirosa, la encendió y contempló la mañana luminosa de invierno, rifle al hombro.

Al final del patio, junto al establo, vio a Antanas cortando leña y, junto a él, a Renate, que le mostraba qué pedazo cortar.

Mikita dejó salir vapor y humo por la boca.

Antanas cortaba feliz la leña. Era fuerte y el trabajo no le costaba; el montón de madera crecía.

Renate hizo rodar hasta él un leño de gran tamaño cubierto de nieve.

Antanas se rio:

—Lo cortaré de un solo hachazo, tráeme uno más pesado.

Renate sonrió; ya no temía a aquel hombre tan grande armado de un hacha.

De pronto se acercó hasta ellos Mikita con su espalda jorobada.

—¿Por qué no estás en el trabajo?

Renate se sobresaltó. Miró asustada la joroba del recién llegado.

—Lo primero que hacen las personas es saludar. Hasta los cerdos gruñen.

—¿De dónde has sacado la leña? ¿Quién te ha dado permiso para cortarla?

—Es del bosque de mi padre —contestó Antanas.

—Ahora todos los bosques pertenecen al Estado —replicó Mikita, y dirigió una mirada extraña a Renate. Esta retrocedió y se arrimó a la pared del establo.

—El guardabosques me ha permitido cortar árboles caídos —dijo Antanas.

—¿Quién eres tú? —preguntó Mikita. Renate guardó silencio—. Me parece que tenemos aquí a una alemana.

—No es alemana, es hija de la hermana de mi mujer, de Kaunas. En la ciudad ahora hay poco que comer...

—Pues a mí me parece que es alemana —dijo Mikita en ruso—. ¿Por qué callas? ¿Qué miras?

—No la asustes. ¿No ves que tiene miedo de los desconocidos?

—Eres alemana, ¿verdad? ¿Cómo te llamas? ¿Cómo te llamas? ¿Alemana?

Con voz clara, Renate respondió en lituano:

—Me llamo Marytė. Me llamo Marytė.

—¿Ves? Se llama Marytė. Ya te lo había dicho.

Mikita miró a Renate largo rato; luego sonrió con desdén y empezó a caminar en dirección al pueblo.

Antanas, Renate y Elzė almorzaban. Elzė servía la sopa y Antanas cortaba el pan sentado a la cabeza de la mesa. Renate esperaba cuchara en mano, preparada para comer.

—Sírvele algo más a Marytė, ha trabajado duro —dijo Antanas con una sonrisa.

Elzė colocó un cuenco rebosante de sopa frente a la niña. Le sonrió, pero nunca le dirigía palabras cariñosas. Renate empezó a comer con avidez mientras escuchaba atenta las palabras incomprensibles para ella y seguía con los ojos a los adultos.

—Qué tiempos estos, Dios mío, todas las noches hay disparos en algún sitio. Dicen que se llevan a gente, aparecen por la noche y se los llevan, y los malditos rusos en nuestra propia casa, el Mikita ese que se presenta por aquí día sí y día también, el jorobado ese... Cualquier chispa, cualquier tontería y acabaremos en Siberia. Se lo dije ayer a Stasė y te lo digo a ti ahora: no podemos seguir así, no podemos; tene-

208

mos que andar con cuidado, tenemos que pensar en nosotros mismos en lugar de ocuparnos de huerfanitos. Esos niños andan ahora por todas partes, alemanes y rusos y hasta nuestros; no pensarás ocuparte de todos. Ahora hay que pensar en uno mismo, en nosotros mismos.

Antanas y Stasė hacían el amor, eran jóvenes y hermosos y se entregaban a su pasión.

De pronto se oyó un ruido proveniente de la cocina, el de una cazuela al caer al suelo.

Stasė y Antanas se levantaron, encendieron una lámpara de queroseno y fueron a la cocina.

Renate se había desplomado en el suelo y vomitaba.

Stasė la lavó, avivó el fuego en la estufa y dijo que le prepararía una manzanilla.

También Elzė apareció en la cocina, alarmada por el ruido.

—¿Ven? Esta alemana no está bien, ahora nos contagiará alguna enfermedad —dijo.

Enfadado, Antanas le ordenó que volviera a acostarse. Levantó en brazos a Renate, que seguía sollozando.

—No llores, no llores. ¿Te duele la barriga? ¿Tienes miedo de algo? ¿Tuviste una pesadilla?

Antanas la acercó a la ventana, le mostró la luna llena y le dijo que esta se reía de las personas que dormían por la noche.

Abrazada a Antanas, Renate arrimó la mejilla a su pecho, más calmada. Por fin se sentía segura.

Stasė le tendió una taza de manzanilla y la invitó a que se la tomara.

En ese momento se oyeron disparos. En el bosque, a lo lejos, tenía lugar un tiroteo.

—¡Dios mío, más disparos...! ¡Apaga la lámpara!

—¡Malditos exterminadores...!

—Vamos, pequeña, vamos a dormir... —dijo Stasė, y dirigiéndose a Antanas añadió—: No hay necesidad de asustarla más de lo que está.

Antanas apagó la lámpara de queroseno de un soplido. Permaneció un rato inmóvil con la mirada perdida a lo lejos, hacia el lugar del que provenía el tiroteo. Algunas balas perdidas pasaron silbando cerca de la casa.

Los disparos se espaciaron.

El sendero junto a la casa descendía por la colina. Estaba resbaladizo por el hielo.

Stasė se disponía a llevar a Renate al pueblo. Antanas esparció guijarros a los pies de sus «damas» para que no resbalaran. Su mujer se reía.

Antanas la abrazó y la besó.

Luego se agachó junto a Renate y le dio un beso en la mejilla.

—Cuidado, no se pierdan.

Renate y Stasė emprendieron el camino.

Stasė y Renate caminaban por el bosque en dirección al pueblo. Stasė llevaba a Renate de la mano. De sus bocas se elevaban nubes blancas; hacía frío.

De repente oyeron un ruido a sus espaldas. Se voltearon para mirar.

Un carro jalado por un caballo las alcanzó y las adelantó. Unos hombres de mirada severa caminaban en silencio junto al vehículo. Renate sintió miedo; los hombres la miraron directamente a los ojos.

Stasė apretó a Renate contra sí. Se hicieron a un lado y contemplaron el carro al pasar. Dentro había alguien oculto bajo la paja y una manta de montar.

El carro dejaba un reguero rojo tras de sí. Era sangre. Transportaban los cadáveres de hermanos del bosque asesinados. Los exterminadores los conducían al pueblo.

Entre la paja distinguieron la mano de un hombre.

La médica asistente acabó de examinar a Renate.

—No es nada grave, solo está débil. Tal vez vomitó por comer demasiado, tal vez los alimentos llevaban demasiada grasa para ella. Ahora debe comer hígado de ternera y leche, para fortalecer la sangre.

—¿Hígado de ternera?

—Sé que ahora no se consigue en ningún sitio, pero si encuentran un poco, lo cueces y se lo das de comer.

—Lo encontraré, lo encontraré...

—¿Y por qué estás tan triste, Marytė? Hay que sonreír de vez en cuando...

—Si sonríe, mi niña sonríe —dijo Stasė.

—Son muy valientes, Stasė... —Luego volteó hacia la niña—: Marytė, sonríe más a menudo y las personas serán mejores contigo. ¿Por qué me mira tan enfadada?

—Son imaginaciones tuyas, Anelė. Es una niña muy buena, solo tenemos que ocuparnos de sus papeles. No tiene... Hacen falta para que la reconozcan como lituana... Es importante que vaya al colegio...

—Lo más importante ahora es enseñarle lituano. En cuanto a los papeles..., yo solo puedo extenderle una tarjeta médica, pero no bastará... Quizás el párroco pueda ayudarte.

—Al menos tendrá una tarjeta. Haz lo que puedas. Gracias, muchas gracias.

Stasė abrió un cajón de la cómoda y sacó un cofre pequeño y delicado.

Lo llevó hasta la mesa, giró la llave y lo abrió. Dentro guardaba todas sus alhajas, algunas cartas de su hermana y la bailarina de porcelana que rompió Renate.

Stasė hizo una seña a Renate para que se acercara. Sacó unos pendientes de oro, se los puso y se miró en el pequeño espejo del cofre.

—Estos pendientes son de mi madre —le dijo a la niña.

—Esa bailarina... se rompió —murmuró Renate.

—No pasa nada. Se sostenía sobre una sola pierna... Yo ya dije hace tiempo que perdería el equilibrio algún día... Hay que tirarla.

Renate tomó un bonito collar entre las manos y lo inspeccionó.

—Ábrelo, tiene algo dentro.

Renate lo abrió. En su interior había una foto de una niña pequeña.

216

—Es mi hermana Onutė, era muy guapa. Me regaló este medallón para que la recordara; como si yo pudiera olvidarla algún día. Ahora vive en Kaunas, es bailarina. Fui a verla bailar una vez con mi padre, que Dios lo tenga en su gloria. Estaba muy guapa, llevaba un vestido blanco con vuelo. Vi a mi padre llorar al verla.

Renate tomó la fotografía de una mujer adulta parecida a Stasė.

—¿Es ella?

—Sí, es ella. Mira en qué mujer tan hermosa se convirtió esa niña. Se parece mucho a Elzė.

Elzė llevaba largo rato observándolas desde el umbral de la puerta.

—Muy bien, enséñaselo todo: collares, pendientes... Enséñaselo, que luego ella te lo robará.

Stasė se quitó los pendientes y los envolvió en un pequeño pañuelo, pero no los devolvió a su sitio, sino que los dejó sobre la mesa. Cerró el cofre con llave y lo guardó de nuevo en el cajón de la cómoda.

Cuando pasó junto a Elzė, esta le dijo:

—Eso es, sácalo todo, véndelo.

—Estos pendientes son míos, no tuyos —replicó Stasė.

Renate se quedó sola en la habitación. De la cocina llegaban las voces lejanas e ininteligibles de Stasė y

217

Elzė. Renate vio por la ventana que Stasė salía apresurada de casa.

Miró las fotografías que había sobre la cómoda, pero no tocó nada, por miedo a romper otra cosa de nuevo.

Paseó por el cuarto y se detuvo frente a la fotografía de un hombre, tal vez el padre de Stasė. Era mayor y llevaba bigote. Vestía prendas de cazador y un fusil. Sentado a su lado había un perro grande y de mirada inteligente.

Renate miró la imagen de Jesucristo que colgaba de la pared. Parecía sonreír imperceptiblemente y se señalaba con el dedo el corazón rodeado de espinas.

Renate lo contempló durante demasiado tiempo, pues de repente Cristo le guiñó un ojo con complicidad.

Sorprendida, Renate esperó un rato a que Cristo le enviara otra señal, pero la imagen no dejó de ser lo que era.

De pronto, Elzė asustó a la niña.

—Ven aquí, te daré algo rico —le dijo.

Elzė sonreía con dulzura, pero algo en su mirada atemorizó a Renate.

Elzė había colocado algunas rebanadas de pan sobre la mesa. Ahora le quitaba el polvo a un frasco de mermelada. Lo abrió, lo puso encima de la mesa y le dio una cuchara a Renate. Luego se sirvió una taza de té.

Elzė hablaba como una bruja, tentándola:

—Esta mermelada la he hecho yo, con bayas que recogí en verano. Stasė también hizo mermelada, pero ya se la acabaron entre los dos, ni Antanas ni ella saben ahorrar. Se lo comen todo, todo se lo dan a los demás. Yo, en cambio, la guardé y ahora todavía tengo. Mi hermana y su marido son buenas personas, pero aún no saben lo que significa reunir provisiones para tiempos peores. ¿Sabes adónde se fue corriendo Stasė? Va a vender los pendientes que le regaló nuestra madre, que Dios lo tenga en su gloria, porque quiere comprar hígado de ternera para ti. Ellos mismos no tienen qué comer, pero quieren que a ti no te falte de nada. ¿Y qué pasará cuando no haya pendientes y la comida se acabe? ¿Qué venderá entonces? Eres una niña muy buena, muy guapa, me gustas, pero ellos no entienden que no pueden quedarse contigo. Tienes que volver con tu mamá, con tu mamá de verdad, que te extraña y te espera, y tiene regalos para cuando vuelvas. Come, come mermelada.

Renate ansiaba la mermelada, pero se esforzó por comer lo menos posible.

—Es probable que no lo sepas —continuó diciendo Elzė—, y Stasė y Antanas no te lo dirán, porque no quieren que te vayas, para ellos eres como un hermoso juguete, una muñeca, pero muy cerca de aquí, al otro lado del bosque, los rusos han juntado a muchos alemanes traídos de otros lugares. He oído que tu mamá podría estar entre ellos. Stasė y Antanas son buenas personas, pero también un poco egoístas. ¿Qué pasará si la cigüeña les trae un bebé? Ya no te necesitarán, y tu mamá quizás se haya ido lejos y para siempre después de buscarte en vano. No te querrá nadie y te quedarás sola. Yo te puedo acompañar por el bosque hasta tu mamá. Come, come mermelada...

Renate miraba a Elzė y se preguntaba si debía creer lo que le decía aquella mujer que le sonreía de un modo extraño.

Los labios de la niña estaban manchados de mermelada, parecía sangre.

—¿Quieres que te acompañe hasta tu mamá?

En el bosque reinaba el silencio, no se movía ni una rama. Todo estaba cubierto de un grueso manto blanco.

El crujido de la nieve anunció la llegada de Elzė y Renate.

La niña avanzaba algo rezagada. Elzė se detenía de vez en cuando para esperarla.

—Ya estamos cerca, muy cerca. Enseguida saldremos del bosque.

Caminaron largo rato, Renate no conseguía mantener el paso. El bosque se espesaba cada vez más y comenzaba a oscurecer.

Al fin, la niña se detuvo. Elzė dio media vuelta y le dirigió una sonrisa torcida.

—¿Por qué te paras? ¿Acaso no quieres ver a tu mamá? Te está esperando.

Entonces Renate sintió que a Elzė le empezaba a salir algo frío de la boca, como si la mujer vomitara viento y vacío. Las copas de los árboles aullaron y la nieve comenzó a desprenderse de los abetos.

—Ya estamos cerca —repitió la bruja, y se giró sobre una pierna mientras que de su boca seguía soplando una ventisca que lo envolvía todo. El mundo se volvió blanco; los árboles se balanceaban como si fueran los mástiles de un velero en medio de un mar de hielo infinito y rabioso.

Elzė le tendió la mano a Renate y avanzó hacia ella. Más cerca. Cada vez más cerca.

De repente, en medio de la ventisca y de la creciente negrura se oyó el aullido de un lobo y Renate pareció despertar. Echó a correr con el viento silbando encolerizado a su alrededor. Los árboles y sus sombras, la nieve y Elzė se habían convertido en un único torbellino.

Renate corrió y corrió perseguida por la risa de la bruja.

Renate se revolvía y daba vueltas en la cama. Al fin abrió los ojos. Estaba empapada en sudor y tenía fiebre.

Oyó las voces de Stasė y de Elzė desde la cocina. Stasė culpaba a Elzė de que Renate se hubiera resfriado.

Renate se calmó. Clavó la mirada en el techo y ante sus ojos desfilaron su madre, sus hermanos y hermanas y otra persona cuyo rostro ya no recordaba: su padre.

Renate hundió la cara en la almohada y se echó a llorar.

Los días empezaron a transcurrir rápidos y dulces. Como una bebida endulzada con miel o con la savia de un árbol, que brota en primavera de las mismas profundidades de la tierra, fluye por las ramas, se eleva hacia el sol, hace que los brotes se abran y estallen flores y olores. En esos brotes, en su fuerza, se perciben ya los frutos, la acidez y la frescura de su sabor, tierno y agradable al paladar...

Así pasaron los días, uno detrás de otro.

Renate salió del granero con un pequeño haz de leña. Los carámbanos que colgaban del techo del granero atrajeron su atención. Eran muchos; parecían los dientes de un dragón.

Renate dejó caer la madera al suelo y contempló los carámbanos. Tocó uno de ellos y luego alzó los ojos al cielo y miró las nubes.

Tomó un pedazo de madera y comenzó a golpear con entusiasmo los carámbanos, que se rompían con un tintineo casi imperceptible.

De pronto surgió Mikita como de la nada. Estaba algo bebido y asustó a la niña.

—*A chto ty zdes délaiesh? A?* ¿Qué estás haciendo aquí?

Renate soltó un grito. Dio media vuelta y miró asustada a Mikita, con el trozo de madera todavía entre los dedos.

—¿Qué estás haciendo aquí? ¿Eh? Dime, ¿quién eres? ¿Alemana? ¿Eres alemana? ¡Di *Heil Hitler!* ¡Di *Heil Hitler!* ¿Me oyes? Tú eres alemana.

—Me llamo Marytė.

—Sé que eres alemana, puedo matarte ahora mismo, tengo un arma, puedo matarte.

—Me llamo Marytė.

—No, tú eres alemana. ¡Di *Heil Hitler!*

Mikita ya la estaba sujetando por el cuello; en la otra mano sostenía una pistola. Sus ojos estaban inyectados en sangre. Renate se ahogaba, pero aún intentaba repetir su frase una y otra vez:

—Me llamo Marytė.

Antanas atravesó corriendo el patio. Llegó hasta ellos, agarró a Mikita y lo separó de la niña, le arrebató el arma y lo aplastó contra un montón de leña, entre los carámbanos.

—¿Qué es lo que quieres de esta niña? ¿Qué demonios quieres, animal? ¿Acaso mi padre no te ayudó bastante? Trabajaste con él, vivías entre algodones. ¿Acaso no te ayudamos bastante? ¡Contéstame, animal, contesta! —gritaba Antanas sin dejar de aplastar a Mikita.

—Solo bromeaba, solo estaba bromeando, Antanas. No quería nada...

—Como toques otra vez a mi hija te mataré.

Antanas sacó las balas de la pistola y las arrojó a la nieve. Luego le lanzó el arma a Mikita.

—No tengas miedo, hija, no volverá a tocarte —le dijo a Renate—. Vamos a comprar.

Se alejaron. Mikita los siguió con la vista; parecía que lloraba lágrimas de borracho.

Sentado en el banco, Antanas contemplaba la leña que ardía en la estufa. Stasė se sentó junto a él, lo abrazó y apoyó la cabeza sobre su hombro.

—Tenemos que hacer lo que nos dijo la doctora, hay que hablar con el párroco, quizás se pueda hacer algo con la documentación de la niña. Esto se pone peligroso. Mikita es un cobarde, pero asustó mucho a la niña. Y si no hubiera sido Mikita, si hubiese sido cualquier otro... Pobrecilla... Tenemos que llevarle tocino al párroco, ese frasco de miel que queda... No hay nada que hacer, necesitamos esos papeles.

—Sí, cariño, sí...

Stasė besó a su marido.

—Ahora, no, Stasė, nos mira la niña...

Desde el umbral de la puerta, Renate los observaba con ojos asombrados. Cuando notó que Antanas hablaba de ella, dio media vuelta y salió de la habitación. Stasė y Antanas se rieron en voz queda.

Stasė atravesaba la plaza del pueblo con la niña. Un colaboracionista borracho se paseaba por allí observando a todo el mundo mientras vigilaba los cadáveres mutilados de unos partisanos, expuestos en la plaza.

Stasė le cubrió la cara a Renate con la mano para que no viera esa imagen espantosa de la muerte.

—¿Por qué le tapas la cara? Que vea lo que les ocurre a los bandidos —dijo el colaboracionista.

Stasė no contestó; siguió caminando en un intento de proteger a su hija de todo aquello.

Entraron en la iglesia. Stasė se arrodilló y se persignó. Sentó a Renate en un banco.

—Espérame aquí, hija, volveré enseguida. Tengo que ir a la sacristía.

La iglesia estaba casi vacía.

Renate se quedó sola. Miró la enorme figura de Cristo sobre el altar, los ángeles y los santos. Empezó a rezar a media voz.

—Dios, haz que todos sean felices, que nadie se muera por nada, que todos encuentren a sus seres queridos y que tengan qué comer; y que no haya que tener miedo nunca más...

Cristo callaba y miraba con una sonrisa indulgente.

Al cabo de un rato regresó Stasė, tomó a Renate de la mano y la condujo a la sacristía. Allí la esperaba el párroco, un hombre gordo, de mejillas sonrosadas y expresión bondadosa.

Cuando Stasė y Renate entraron en la sacristía, el párroco volteó hacia ellas.

—Así que esta es nuestra pobre niña extraviada... ¿Cómo te llamas, hija?

—Me llamo Marytė —contestó Renate asustada.

—Mira qué niña tan lista, qué lista es nuestra Marytė —dijo el cura, y se echó a reír.

La observó y calló durante unos instantes, pero sus ojos sonreían. Renate pensó que aquel hombre debía de ser con seguridad una buena persona.

Antanas y Stasė estaban en la cama pero aún no dormían.

—El párroco le preguntó: «¿Crees en Jesucristo?», y ella contestó: «Sí, creo».

—Qué niña tan lista.

—Después le preguntó: «¿Eres católica?», y ella lo miró y calló.

—¿Cómo va a saber la niña si es católica, protestante o yo qué sé qué más...?

—El párroco dijo: «Hay que bautizarte. Y si fuera la segunda vez, mal no te hará».

—Hay que bautizarla. Así tendrá papeles...

—El párroco dijo que la incluirá primero en el registro de muertos y luego tachará el nombre como si se hubiera cometido un error.

—Si el párroco lo dice, sabrá lo que hace. Ahora todo irá bien... ¿No oyes nada?

230

Prestaron atención.

Entonces lo oyeron con claridad: alguien golpeaba con los nudillos en la ventana.

Antanas se levantó y fue a mirar quién era.

Entró en la cocina y se acercó a la ventana. Volvieron a llamar.

—¿Quién anda ahí? ¿Qué quieren? ¿Qué necesitan?

—Soy yo, Mikita. Ábreme, tenemos que hablar, abre...

En el umbral del dormitorio apareció Stasė.

Al cabo de un rato llegó también Elzė.

Antanas salió al porche, descorrió el cerrojo y dejó entrar a Mikita; fueron a la cocina.

—Tienen que desaparecer de aquí, reúnan sus cosas y huyan. Quieren deportarlos esta noche.

—Ay, Jesús —suspiró asustada Stasė y, casi de manera automática, empezó a rezar en silencio.

—Alguien los ha delatado por la niña alemana... Yo no he sido, te juro que yo no he sido...

Antanas volteó hacia Stasė inseguro. Luego su mirada recayó en Elzė, que no parecía ni sorprendida ni asustada.

—Antanas, te juro que yo no he sido... Dense prisa —repitió Mikita antes de regresar al porche y desaparecer en la noche.

—¿Qué será de nosotros? Ay, Jesús, Jesús... ¿Qué será de nosotros?

Por la ventana distinguieron las luces de un vehículo que se acercaba desde el bosque hacia su granja.

—Se acabó. Ya vienen. Levanta a la niña, reúne prendas de abrigo y cobijas; yo agarraré el tocino de la buhardilla, no perdamos tiempo.

Stasė vio a Renate, asustada junto al marco de la puerta. La abrazó y empezó a llorar.

—Nos echan de casa, nos echan de casa, hija, qué será de nosotros...

—¡Shhh! Stasė, viste a la niña, no perdamos tiempo, esos demonios estarán aquí en cualquier momento —la interrumpió su marido con severidad, se puso una chamarra y salió en busca del tocino que guardaban en la buhardilla.

—Se los dije, por culpa de esta niña del diablo los deportarán. Se los dije —masculló rabiosa Elzė.

—¡Cállate, que no tienes corazón! No dejaré que una niña inocente sufra. Vamos, tenemos que prepararnos, Renate.

Stasė corrió a la otra habitación.

232

Inmóvil, Renate observaba con ojos atemorizados todo lo que ocurría a su alrededor.

Antanas regresó y dejó el tocino sobre la mesa. Stasė volvió a aparecer con el abrigo de Renate y le puso a la niña un suéter.

—Tienes que darte prisa, mi niña, corre todo lo que puedas, todo lo que puedas, no dejes que te atrapen. Ve donde la doctora, mi amiga Anelė, ella te ayudará. ¿La recuerdas? Estuvimos en su consulta, te pesó y te hizo preguntas, ¿recuerdas?

Renate asintió con la cabeza.

Por la ventana se colaron las luces de un vehículo, se oyeron pasos, voces; llamaron a la puerta con los nudillos.

Asustada, Stasė llevó a Renate a la otra habitación. Se oyó la voz de Antanas:

—¿Quién es? Ahora voy, esperen, tengo que vestirme...

Stasė dejó a la niña sola. Los golpes en la puerta no cesaban. Al cabo de un instante, Stasė regresó y le entregó a Renate el medallón con el retrato de su hermana y una pequeña cruz.

La mujer besó a Renate y la bendijo. Luego abrió la ventana y ayudó a la niña a escapar por ella mientras la exhortaba, llorando:

—Corre, hija, corre, que Dios te ayude. Y no te olvides de mí, no te olvides de mí ni de Antanas...

Asustada, Renate oyó ruidos, el motor de un coche. Cayó sobre la nieve, pero enseguida se puso en pie y echó a correr; corrió sin detenerse.

Stasė entró en la cocina. Los colaboracionistas ya estaban allí. El cabecilla era un hombre corpulento con la cara roja.

—¿Dónde está la alemana? —preguntó el cabecilla.

—¿Qué alemana? —contestó Antanas fingiendo no entender.

—Carajo, Antanas, no estoy para bromas. ¿Dónde está la niña? Habla o pronto estarás escupiendo sangre.

—¿La niña? ¿Te refieres a la sobrina de Stasė?

—¿Sobrina? Bueno, ¿dónde está esa sobrina?

—La enviamos de vuelta a Kaunas en un coche de viajeros.

El cabecilla de los colaboracionistas le asestó a Antanas un golpe con la culata del rifle.

—Pero ¿qué carajo estás diciendo? Registren la casa —ordenó a sus hombres.

Al momento, dos colaboracionistas comenzaron a rastrear las habitaciones. Stasė se abrazó a Antanas. A este le sangraba el labio.

Renate corría por el bosque. Tropezó con unos troncos caídos y fue a parar a la nieve. Permaneció unos segundos inmóvil, atenta a los ruidos. Luego se levantó y siguió corriendo.

Como a vista de pájaro: el camión de los colaboracionistas estaba estacionado en el patio. Al lado había varios hombres armados. De la casa salieron Antanas y Stasė. Cargaron algunos bultos en el vehículo y subieron al remolque por sí solos. Se quedaron de pie, abrazados.

Se oyó un grito; era Elzė.

Apareció en el umbral. Se resistía a dejar la casa.

El cabecilla de los colaboracionistas le dio una fuerte patada en el trasero y ella cayó de bruces al suelo del patio.

—¡Levántate, puta, y deja de lloriquear!

Elzė se incorporó y caminó de rodillas hasta el cabecilla de los colaboracionistas; le besó los pies gimiendo ruidosamente.

—¡Soy inocente, soy inocente! ¡No fui yo quien trajo a esa alemana a esta casa, no fui yo! ¿Por qué me envían a Siberia, por qué? ¿Por qué yo? ¡Soy inocente, yo les dije que esa niña era alemana, les dije que había que echarla, se lo dije! ¡No fui yo quien la trajo, señor, compadézcase de mí, tenga piedad! Le informé a tiempo, no le oculté nada, yo sabía que hay que dar de alta a esos niños alemanes...

El golpe con la culata del rifle la hizo callar. Se desplomó en silencio, la cara cubierta de sangre.

Antanas se bajó del camión, levantó a Elzė y la ayudó a subir al remolque. Parcialmente recuperada, Elzė empezó a sollozar, pero en silencio esta vez, sin esperanza.

Stasė la abrazó, le limpió con cuidado el rostro ensangrentado. A su lado se encontraba de nuevo Antanas. Los tres se acurrucaron en un rincón del remolque.

El camión se puso en marcha; se alejó del patio.

Stasė, Elzė y Antanas se fundieron en la lejanía; el vehículo tomó un sendero y ya solo se distinguían sus luces.

Renate se abría camino a través del bosque. Oyó el rumor de un camión, las luces del vehículo se proyectaron entre los árboles.

Era un camión igual al que llevaba hacia la deportación a Stasė y a Antanas, pero tal vez no fuera el mismo.

Renate contempló el montón de chatarra que pasó por su lado entre zumbidos y crujidos. Sus ojos no reflejaban nada: ni miedo ni odio.

Primera hora de la mañana. Por una calle del pueblo apareció una pequeña figura; era Renate. Caminaba indecisa, como insegura de encontrar el camino. Por fin pareció reconocer algo y se dirigió a la casa en la que se encontraba la consulta de la doctora.

Llamó con los nudillos a la puerta.

236

La doctora Anelė abrió y, asustada, le preguntó qué había ocurrido.

—Soy Marytė. Han enviado a mamá Stasė a Siberia, los colaboracionistas. También enviaron a papá Antanas...

La doctora comprendió las palabras de Renate y se asustó aún más.

—Ay, Dios mío, se han llevado a Stasė. Ay, Dios, se han llevado a Stasė...

—Me dijeron que viniera aquí. Me dijeron que usted me ayudaría...

—Le dije que no debería acogerte, le dije que eras la muerte, la desgracia. Eres una desgracia andante, vete, vete de aquí, búscate otra casa, yo no puedo, no puedo acogerte. Vete, vete, no traigas la desgracia también a mi casa, vete...

La doctora cerró la puerta ante las mismas narices de la niña.

Renate permaneció inmóvil unos instantes, como si esperara algo. Luego dio media vuelta y regresó vacilante a la calle sin saber adónde dirigirse.

De repente, la puerta de la doctora se abrió y la mujer corrió a la calle llorando, llegó hasta Renate y le puso en las manos un paquete de comida. Luego la bendijo, regresó deprisa a su casa y cerró la puerta tras de sí.

Renate continuó caminando calle abajo.

Sentada contra una vieja casa de baños, Renate observaba los pájaros que trinaban entre las copas de los árboles mecidos por el viento.

El sol brillaba, el agua corría en los arroyos, la hierba brotaba de la tierra.

Renate desenvolvió el paquete que le había entregado la doctora. Había un trozo de jamón, una rebanada de pan y un par de huevos. Empezó a comer.

Renate entró en la iglesia vacía donde las voces resonaban contra las paredes. Era la misma iglesia a la que había acudido con Stasė.

Con la cabeza echada hacia atrás, contempló las esculturas y a Jesucristo en la cruz. .

Se oyó una tos. De la sacristía salió un hombre; al pasar frente al altar hizo una breve genuflexión. Era el conductor de los colaboracionistas; también conducía el camión en el que se llevaron a Stasė y a Antanas, pero se había mantenido alejado del resto. Miró a Renate, pero no dijo nada.

Renate entró en la sacristía.

Encontró al párroco que ya conocía vestido solo con la sotana. Ordenaba sus prendas para la liturgia.

Renate se detuvo y observó al cura en silencio.

Como si notara la mirada, el párroco se giró. Se sorprendió de ver a la niña. Sonrió.

—Ah, pero si es nuestra Marytė...

—Se llevaron a mamá Stasė.

—Lo sé... Unas personas maravillosas, Stasė y Antanas. Ayúdalos, Señor, en su triste viaje y en los senderos del sufrimiento.

—Ayúdeme, se lo pido, no tengo adónde ir. Creo en Dios, soy católica.

El cura miró a Renate. Con expresión grave, o tal vez solo reflexionaba.

Renate comía un gran cuenco de sopa.

Escuchaba la conversación entre el párroco y su casera.

El cura le entregó un papel a la casera.

Que la llevara a esa dirección, allí aún vivían algunas monjas que se ocuparían de la pequeña. Precisamente Boleslavas iba a llevar ahora a los colaboracionistas a Kaunas.

—No le digas quién es la niña, dile solo que la deje en manos del padre Ramojus. Él sabrá qué hacer. Las hermanas del convento cuidarán de ella. Kaunas es una ciudad grande, allí estará más segura...

El sol primaveral brillaba con fuerza. Boleslavas, el conductor de los colaboracionistas, llevaba a Renate de la mano. Llegaron donde se encontraba el camión. Allí esperaban varios colaboracionistas con los rifles al hombro.

240

Fumaban cigarros y reían. Boleslavas los saludó.

—¿Y esta quién es? ¿Tu hija? —preguntó uno.

—No, es de la familia. Hay que llevarla a Kaunas. ¿Habrá sitio?

—Sí —contestó un colaboracionista.

—¿Cómo te llamas? —preguntó otro.

En ese momento apareció Mikita de detrás del camión. Su mirada se cruzó con la de Renate. La niña se asustó y pareció perder el habla. Todos los colaboracionistas esperaban oír su nombre. Renate callaba. Mikita, sin embargo, sonrió.

—Se llama Marytė. La conozco. Vamos, chicos, suban ya. Suban a Marytė al remolque, ahí llega el teniente —dijo.

Los colaboracionistas levantaron a Renate y la colocaron en el remolque.

Cuando llegó, el teniente miró a sus hombres con severidad. Luego se sentó en la cabina del vehículo junto al conductor.

Los hombres se subieron al remolque y el camión se puso en marcha.

El camión de los colaboracionistas salió del pueblo. Un viento frío de primavera atravesaba sus abrigos militares. Se subieron el cuello y bajaron las orejeras de sus gorros. Iban sentados sobre las tablas que bordeaban el remolque y sujetaban los rifles con decisión, las culatas apoyadas sobre el suelo del camión. Los más listos se habían subido primero y se acurrucaban juntos entre los montones de paja; así pasaban menos frío. Mikita animó a Renate a que se acomodora entre los hombres recostados en el suelo del remolque. La niña se hizo un hueco entre ellos. De ese modo apenas la alcanzaba el viento, protegida por la cabina del vehículo y los corpulentos colaboracionistas. Renate solo veía las nubes, el cielo, las ramas de los árboles que crecían en el pueblo y que quedaban atrás, en el pasado, y las caras rojas de frío de los hombres armados que no habían conseguido sitio en el suelo. Renate los contempló y de repente pensó que prácticamente nada los diferenciaba del resto de la humanidad.

Pronto dejaron atrás el pueblo y se adentraron en la llanura de los campos. Al mirar a lo alto ahora solo se veían las nubes que se precipitaban unas sobre otras formando grandes cúmulos, como humareda aún no disipada de la guerra. El cielo provocaba desasosiego, el corazón de Renata se llenó de un miedo insondable y de oscuridad. La niña pensó en su madre y en tía Lotte, recordó a Monika, Brigitte, Heinz, tía Martha. Recordó a todos aquellos que fueron buenos con ella y a quienes le hicieron daño. De vez en cuando el camión daba sacudidas, a veces se mecía de un lado a otro, pero todo se fundía en una melodía interminable, rítmica y adormecedora. A Renate se le empezaron a cerrar los ojos. El cansancio y la angustia de los últimos días pesaban sobre sus pestañas con la carga insoportable del sueño. A través del rumor del motor, el traqueteo de las ruedas y el silbido del viento un sueño se coló en el inconsciente de Renate; la realidad confluyó con lo que veía en su imaginación. Vio a su madre, pero no distinguía su cara. Mamá le daba la espalda y, por alguna razón, no quería voltear a mirar a Renate, a su querida hija. Renate quería gritar, pero la voz se negaba a salir de su garganta. Cuando al fin, con gran dificultad, consiguió llamarla, cuando su madre por fin se giró, resultó que no era mamá. En realidad sí lo era, pero tenía otra cara, idéntica a la de la rusa que se instaló a vivir en su casa. Y en la mano sostenía aquel gato gordo y mimado...

El primer disparo despertó a Renate de su sopor. El camión se encontraba ya en el bosque. Enseguida, los hombres aferraron sus rifles y se agacharon para ocultarse detrás de los laterales del remolque. Se oyeron algunas salvas de ametralladora; los colaboracionistas respondieron al fuego. Renate vio cómo a un hombre, el más joven, le brotó de repente un chorro rojo de la cabeza; el chico se precipitó por encima del remolque y quedó tirado en el camino. El camión dio unos bandazos terribles, se ladeó y de repente chocó contra un árbol o un tocón junto a la carretera. Renate se golpeó la cabeza con la pared delantera del remolque, el mundo empezó a dar vueltas, alguien se desplomó sobre ella. Todo se alejó a su alrededor, los ruidos resonaban en la distancia como ecos metalizados, como si hubiera caído en un pozo.

Cuando Renate volvió en sí, reinaba el silencio. Alguien yacía sobre ella, la aplastaba y le dificultaba la respiración. Sin embargo, apenas sentía dolor, si acaso en la coronilla, a pesar de que sentía el sabor salado de la sangre en la boca.

Renate intentó moverse, a duras penas consiguió sacar un brazo entumecido; luego, reuniendo todas sus fuerzas, empujó el cuerpo tirado encima de ella y se arrastró hasta quedar libre. El sol se ponía, debían de ser ya las últimas horas de la tarde, aunque todo parecía haber ocurrido muy rápido. En el remolque del camión yacían varios hombres, todos muertos. El que se había desplomado sobre Renate resultó ser Mikita. La niña se levantó y vio que los otros hombres tampoco vivían, estaban tirados en medio del camino o en la cuneta en las posturas más extrañas. Renate se había encontrado con la muerte más de una vez durante ese año de espantos, pero ahora todo parecía aún más horrible. ¿Quizás porque los espesos abetos del bosque aullaban como si el viento se atribuyera la culpa? Con las piernas temblorosas, Renate escaló por un lateral del remolque, bajó por los pequeños escalones y se apeó de un salto. Rodeó el camión, estrellado contra un tocón de grandes dimensiones al borde del camino. Vio al conductor, Boleslavas, colgando boca abajo de la cabina; al parecer, había abierto la puerta para intentar huir. Renate se pasó la mano por los labios y vio que la palma se le teñía de rojo. Sin embargo, no le dolía nada; ¿de dónde salía esa sangre? Entonces comprendió que no era suya, sino del colaboracionista muerto, de Mikita. Le pareció extraño que su sangre y la de un extraño supieran igual; aun así sintió náuseas. Se agachó en la cuneta hasta que se le pasó. Luego se lavó las manos y la cara con nieve derretida. El agua fría la reanimó; se levantó y, sin darse la vuelta, empezó a caminar por en medio mismo de la carretera. Pasó por encima del abeto talado por los partisanos y continuó su camino.

El bosque no era muy grande, o tal vez la emboscada se produjo en sus lindes, porque no tardó mucho en salir de él. El día llegaba a su fin, el mundo entero se sumergía en el azul del anochecer y una neblina se elevaba al borde del bosque. Renate caminó y caminó sin saber adónde dirigirse ni qué encontraría a lo lejos.

Se oyó el zumbido de un motor y la niña corrió a esconderse en la cuneta. Se ocultó detrás de unos arbustos y esperó. Al cabo de unos segundos aparecieron una motocicleta y un vehículo ligero, negro y brillante. Renate pensó que en él viajaba la muerte, que se acercaba para comprobar que todo hubiera ido bien con esos asesinos, que no les quedara ni un hilo de vida; era la muerte que venía a recoger los cadáveres. Renate no podía quedarse allí, no podía continuar por aquel camino. Echó a correr por el campo, derecha hacia la niebla que se extendía por el bosque, a través de un prado empapado de agua, tan lejos como fuera posible de la carretera.

Comenzó a amanecer por fin, la luz de las primeras horas de la mañana se fundía con la niebla y cubría todo a su alrededor. Renate estaba acurrucada en un montón de heno viejo que encontró el día anterior ya bien entrada la noche. Algún animal, un zorro o una comadreja, había abierto un agujero en lo alto del heno. Renate no tuvo que esforzarse mucho para acomodarse dentro; la madriguera era perfecta para ella.

Por la noche heló. Aunque el escondite de Renate era el mejor que un errante pudiera imaginarse en una noche de temprana primavera, pasó frío. Sentía las piernas como si fueran de madera, y le daba miedo moverse y arriesgarse a que ese calor engañoso que aún la envolvía se disipara y regresara el frío punzante, volvieran los temblores. Los ojos se le cerraron, se adormeció de nuevo; así había pasado toda la noche, despertándose una y otra vez del sopor y volviendo a sumergirse en un sueño pesado y lleno de frío. Vio a los perros y a Heinz, vio a Borís; solo su madre se resistía a aparecer. Renate lloraba e imploraba a su madre que se presentara, pero seguía viéndolos a todos excepto a ella. Luego soñó con Stasė. Estaba sentada sobre un montón de madera y cantaba con voz triste y nostálgica la misma canción que le gustaba cantar a la madre de Renate. La niña quería bailar, pero su cuerpo, pesado como un leño, no se movía, las piernas no le obedecían, y entonces se echó a llorar de impotencia.

Por fin la mañana venció a la noche y Renate se despertó de nuevo. En algún lugar a lo lejos chillaban unos arrendajos. Salió del montón de paja. Ahora descubrió que no muy lejos, a unos cien metros, había una granja. Sin embargo, parecía haber sufrido un incendio hacía unos pocos meses; todos los edificios estaban quemados y solo la chimenea seguía en pie. La chimenea y un haz de paja eran todo lo que quedaba. Renate se sorprendió de que la paja no hubiera ardido también.

Tenía un frío terrible, estaba aterida. Intentó calentarse y mover las piernas; la cabeza empezó a darle vueltas.

Solo comprendía una cosa: debía continuar su camino. Se puso en marcha.

Una figura diminuta en medio de los campos sin fin.

Caminó largo rato, siempre con el mismo balanceo monótono. Comenzó a contar los pasos y a murmurar la única oración que se sabía: «Padre nuestro que estás en los cielos...».

De pronto, las nubes se abrieron y el sol brilló con

fuerza, golpeó la tierra como un mazo dorado y todo se inundó de sonidos; Renate oyó cantar a los pájaros. Fue como si se hubiera rasgado el manto invisible de la noche, una barrera del frío.

Renate avanzaba ya por una carretera mientras escuchaba el canto de una alondra que revoloteaba en el cielo.

Ya no tenía frío. El viaje del día anterior en el camión de los colaboracionistas no parecía más que un sueño; los cadáveres de los hombres, fragmentos sueltos de un cuento que oyó algún día.

De repente pensó que hacía tanto tiempo que no veía el sol que había olvidado que este hubiera brillado alguna vez. Tan solo nubes, niebla y nieve llenaban su pequeño mundo. Y ahora algo había cambiado.

Después, como de la nada, de los restos de la neblina, del vacío, surgió un pequeño caballo. Este sacudió la enorme cabeza; las crines eran largas y rubias. El animal jalaba un carro, las ruedas rodaban rápidas y entre crujidos. En la frente del caballo destacaba una estrella.

—Pequeña, ¿adónde vas tú sola tan temprano? —le preguntó a Renate con una sonrisa la mujer que viajaba en el carro.

—Me llamo Marytè —contestó la niña.

El hombre que llevaba las riendas soltó una estruendosa carcajada mostrando una dentadura blanca y sana.

—Me parece estupendo que te llames Marytè, pero ¿adónde vas?

—Soy católica —dijo Marytė.

—Aleluya —respondió la mujer, sin dejar de sonreír—. Nosotros también somos católicos, ahora vamos a la iglesia.

Renate calló y los miró con ojos inexpresivos.

—Hoy hay que ir a la iglesia, hoy el Señor resucitó.

—Siéntate en el carro —le dijo el hombre.

—¿Dónde está tu mamá? —preguntó la mujer.

—En Kaunas... —contestó Marytė.

Las buenas personas no le hicieron más preguntas. Ya todos estaban acostumbrados a ver viajeros de todo tipo, errantes que llegaban de otros lugares. Así eran los tiempos que tocaba vivir; numerosos niños huérfanos vagaban por los pueblos y ciudades: rusos, alemanes, y también lituanos. La mujer se limitó a rebuscar en una bolsa de lino, sacó un pastel envuelto en un trapo y le tendió a la niña un grueso pedazo sin preguntarle si tenía hambre. El aspecto era apetitoso, con requesón y canela. Y, sin embargo, ¡qué pequeña resultaba la porción, por grande que pareciera!

Marytė avanzaba por prados bañados por un sol primaveral, en un carro jalado por un caballo que sacudía alegremente la cabeza y hacía oscilar de un lado a otro su hermosa y brillante cola. El sol calentaba la tierra y la niebla había desaparecido. También la niña iba entrando en calor y comenzaba a adormecerse; los ojos se le cerraban como si le pesaran los párpados.

—Acuéstate sobre la paja, Marytė. Veo que se te cierran los ojos —le dijo la mujer.

Renate se acostó sobre el heno dorado y la mujer le cubrió las piernas con una manta de montar. Qué viaje más agradable. El hombre hizo restallar el látigo sobre sus cabezas y el caballo aceleró el paso. Al fin la calma invadió el corazón de la niña, que se durmió.

—Es posible que esté enferma —le dijo la mujer a su marido—. Se nota que lleva mucho tiempo sin dormir.

Marytè soñó con un prado enorme en el que brotaban pasteles de la tierra como si fueran setas...

—Sooo...

El hombre hizo frenar al caballo y Renate se despertó.

El sol ya había recorrido un buen tramo de su trayecto en el cielo y el carro acababa de llegar a las primeras casas de la ciudad.

Renate vio que la mujer y su marido se cambiaban de calzado; había que ponerse los mejores zapatos para entrar en la iglesia. Los de todos los días quedaron ocultos bajo la paja.

Entonces continuaron su camino. La mujer sonrió a Renate y sacó de una canasta un huevo teñido de rojo y decorado con cruces y rayitas blancas.

—Toma —le dijo—. Lo puedes llevar a misa, el cura lo bendecirá y tendrás un huevo de Pascua bendito.

—Gracias —respondió Renate.

Avanzaron un poco más y llegaron a la iglesia. La gente entraba a raudales en el patio del templo. Enfrente había ya un buen número de carros; los caballos, atados, escarbaban en la tierra, bufaban y relinchaban. Había muchos niños de la mano de sus madres y muchos hombres que se quitaban la gorra al pasar por las puertas del patio.

El hombre que había llevado a Renate en su carro aseguró el caballo cerca de los muros del patio de la iglesia.

Mientras tanto, la mujer lo esperaba. Se ajustó el pañuelo que le cubría la cabeza; de su minúsculo bolso de mano sacó un pañuelo para la nariz y se lo metió en una manga.

Renate sostenía en una mano el huevo rojo sin saber qué hacer. Deseaba acompañar a aquella mujer y a su marido, preguntarles si podría quedarse con ellos, decirles que sería buena, que trabajaría en todo lo que pudiera, que no sería una carga. Sin embargo, la mujer se despidió de ella y el hombre le guiñó un ojo. Era un guiño alegre, incluso pícaro; «aguanta, pequeña», le decía. Renate no tuvo tiempo de decirles nada; las buenas personas se perdieron en el torrente de gente.

Renate se acercó a los muros del patio. Cuando dejó de ver a la mujer y al hombre que la habían llevado hasta allí, se comió el huevo con afán. Tiró al suelo las cáscaras pintadas de rojo.

Caminó a lo largo del muro y se detuvo junto a las puertas laterales.

Las campanas de la iglesia empezaron a tocar desde lo alto, algunos pájaros remontaron el vuelo.

El portón de la iglesia se abrió de par en par y apareció la procesión.

Renate contempló fascinada a las niñas con sus vestidos blancos, a los curas que caminaban bajo el baldaquino, el altar de la Virgen María llevado por los clérigos, a las mujeres que cantaban.

Le parecía hermoso, pero no se atrevía a acercarse. Se sintió triste y arrepentida por haberse comido el huevo de Pascua.

Renate tenía escalofríos, a pesar del calor que irradiaba el sol y de que la primavera parecía manar a borbotones de una olla en la que la tuviera encerrada el invierno. Caminó a lo largo del muro del patio de la iglesia y descubrió a los mendigos sentados ante todas las puertas de entrada al patio y a lo largo de los caminos que conducían a la iglesia. La cabeza empezó a darle vueltas y se sentó en una piedra grande. Desde allí contempló los gorriones que se arreglaban las plumas al sol. El cansancio pesaba sobre ella, veía el mundo como a través de una bruma. No quería dormirse y fue a buscar el carro de las personas que la habían llevado hasta allí, pero no lo encontró. Caminó y caminó, dio vueltas en torno a la iglesia y le pareció reconocer el lugar donde, bajo unos altos tilos, esperaba el pequeño caballo de crines claras. Sin embargo, había muchísimos carros y el caballo no era el que buscaba. Esperó, pero poco a poco comprendió que no lo encontraría, que no podría esperar el regreso de esas buenas personas a las que deseaba preguntar si le permitían quedarse con ellas.

El tiempo pasaba. Los feligreses comenzaron a salir de la iglesia, en grupos y a solas. Los caballos, que se habían adormecido al calor del sol, volvieron a bufar y a relinchar, los hombres chasquearon la lengua y los carros, llenos de viajeros felices y sonrientes con sus galas dominicales, partieron cada uno por su lado, llevándose consigo la esperanza de Renate de volver a encontrarse con la amable pareja.

El patio de la iglesia iba quedando vacío; hasta los mendigos desaparecieron. En la calle, el viento empujaba briznas de paja de un lado a otro y las grajillas graznaban y picoteaban entre los excrementos de los caballos.

Renate se quedó sola. Se sentía triste y abandonada; quería llorar, pero solo el sudor corría a borbotones por su rostro.

Se sentó sobre una piedra calentada por el sol y se quitó el pañuelo de la cabeza. El viento le rozó el pelo; cerró los ojos, bajó la cabeza y permaneció allí sentada, casi dormida.

No sabría decir cuánto tiempo transcurrió, pero de repente oyó unas voces y levantó la cabeza. A su lado pasaba una familia: un señor elegante con sombrero y chaqueta clara y una mujer alta y esbelta, los cabellos rubios y rizados adornados con una diadema de pequeñas flores artificiales. Renate se maravilló ante la hermosura de la mujer.

Esta llevaba de la mano a un niño pequeño. El muchacho apuntó a Renate con el dedo y los tres intercambiaron algunas palabras; el hombre pareció dirigirle al niño una suave reprimenda. La familia continuó su camino, pero luego se detuvo y el chico regresó corriendo. Le tendió un huevo de Pascua a Renate.

—Toma, para ti —le dijo—. Está bendecido.

Renate aceptó el regalo y el niño volvió dando saltos donde los suyos, su padre y su madre.

Renate sostuvo en la mano el huevo y apenas pudo creer lo que veía: era del mismo color rojo y estaba adornado con las mismas cruces y líneas que el huevo que se había comido con tanta despreocupación. Era el mismo, el mismo huevo. Estaba tan emocionada que el corazón empezó a latirle con fuerza en el pecho. Quiso decirles algo a aquellas personas, pero ya habían desaparecido. Allí ya solo quedaban el sol, el polvo del camino y los pájaros.

Renate vagó sin rumbo por las calles de aquella ciudad desconocida. No sabía adónde ir. Por las ventanas de las casas se oían rumores de voces felices, la gente celebraba aquel domingo milagroso. No parecían preocupados por la escasez en esos tiempos de posguerra ni por la nueva ocupación, de la que Renate no comprendía nada. El sol se volvía cada vez más rojo, sus rayos calentaban cada vez menos; la tarde avanzaba a pasos agigantados y un viento frío traía recuerdos del invierno.

Renate encontró una casa en ruinas. Le faltaba casi todo el tejado, pero la niña se acurrucó sobre unas tablas en el rincón más alejado de la entrada.

La noche cayó sobre la ciudad, oscura y fría.

Renate tenía miedo. En algún lugar no muy lejano ladró un perro; luego se oyeron gritos. Renate se encogió, tenía frío, temblaba, pero allí estaba mejor que en la calle; al menos no soplaba el viento. Sujetaba entre las manos el huevo de Pascua, cerca del pecho, y le parecía que le daba un poco de calor. Tenía hambre, pero ni se le ocurría comerse el huevo rojo. La noche interminable le trajo recuerdos. Primero recordó su andadura por el bosque, luego vio a los soldados pegando a tía Lotte, después a Antanas partiendo leña con una mano mientras ella le daba los trozos que debía cortar.

Era muy temprano cuando Renate salió de la casa semiderruida en la que había pasado la noche. Paseó la mirada por la calle y caminó sin saber hacia dónde. Las piernas le pesaban, los párpados lo hacían aún más, pero ella caminó y caminó por la ciudad que se despertaba. Por fin empezó a entrar en calor, los rayos del sol brillaban claros, pero Renate tenía fiebre, la cabeza le daba vueltas y el sudor le corría por la cara.

De repente oyó una música maravillosa y pensó que aún dormía y continuaba soñando. Alguien tocaba al piano la pieza *Gnossienne n.º 5* de Erik Satie, pero de un modo distinto a como lo hacía su madre, presionando con mucha más fuerza las teclas, a golpes. Renate siguió con miedo el rastro de la música.

Las notas sonaban cada vez más cerca.

Por fin encontró el lugar de donde procedía la música. Se detuvo en una calle vacía junto a un muro deteriorado. Frente a ella vio una casa con las ventanas abiertas a la primavera y al sol. Tras las ventanas, en una habitación llena de luz bailaban unas niñas, pequeñas bailarinas. Renate vio el piano y a una señora corpulenta sentada ante él y, a su lado, a una mujer esbelta y alta con una diadema en el pelo.

Renate contempló aquel mundo milagroso, incapaz de retirar los ojos de él. El baile llegó a su fin, las niñas se alborozaron y le pidieron algo a la mujer, su profesora de baile; esta se rio y pareció acceder. Entonces, de manera inesperada, las bailarinas corrieron a la calle con huevos pintados de varios colores y con un tobogán de juguete para hacerlos rodar.

Las acompañaban su profesora y la pianista, gruesa y bigotuda. Ellas también tenían huevos de colores.

Las niñas empezaron a jugar con los huevos; los dejaban rodar tobogán abajo y reían.

Renate sintió que se le humedecían los ojos y le picaban, le corrieron lágrimas por las mejillas, o tal vez fuera sudor; un terrible escalofrío le sacudió el cuerpo. Avanzó un paso, luego otro. Del bolsillo sacó el huevo teñido de rojo que le había regalado el niño y se lo tendió a la mujer de belleza extraordinaria, la profesora de baile de las pequeñas bailarinas. Pensó que se parecía mucho a Stasė.

La mujer vio a Renate y fue como si el mundo se ralentizara hasta casi detenerse. La niña comprendió que quizás no tendría tiempo suficiente, debía decir algo. Le tendió su huevo rojo a la mujer y esta se acercó, se inclinó sobre ella, le sonrió y le preguntó algo.

—Me llamo Marytė —dijo Renate, y la mujer tomó el huevo de entre las manos de la niña.

Marytė se precipitó a un pozo negro y profundo, pero sin sentir ningún miedo.

La mujer no llegó a tiempo de sujetar a la niña, que al perder el conocimiento se desplomó sobre el polvo de la calle.

Las pequeñas bailarinas rodearon a Renate asustadas.

—¿Está muerta? ¿Está muerta?

—No, vive —contestó su profesora.

Levantó a Renate en brazos y la llevó a su casa llena de música.

La pianista y las pequeñas bailarinas la siguieron.

Vilnius, 2009-2011

Epílogo

Se puede decir que fue el tema de este libro el que me encontró a mí y no al revés. Sería en torno a 1996 cuando el ya fallecido director de cine Jonas Marcinkevičius me propuso rodar juntos un documental sobre los niños alemanes que intentaban salvar sus vidas en Lituania al acabar la Segunda Guerra Mundial. Por primera vez oí la palabra alemana *Wolfskinder*, niños lobo. No es de extrañar que yo no supiera nada de los sufrimientos de esos niños, pues ni siquiera los propios alemanes saben mucho al respecto. Tuve un ejemplo de ello cuando, años más tarde, hacia 2009, conocí a un grupo de jóvenes alemanes en la Feria del Libro de Frankfurt. Conversé con ellos sobre varios temas, en especial sobre la escritura, y les dije que estaba escribiendo un libro sobre los niños lobo. «¿Tratará sobre Tarzán?», me preguntó con total seriedad una de aquellas personas de vastos conocimientos culturales. La pregunta no hizo más que fortalecer mi convencimiento de que había que hablar y escribir sobre el tema.

Desafortunadamente, el proyecto que compartía con Jonas no llegó a buen puerto porque nuestra solicitud no convenció al ministerio correspondiente y no recibimos la financiación que necesitábamos. El tiempo pasó y un día, de repente, el productor de cine y amigo mío Rolandas Skaisgirys me preguntó si sabía algo sobre los niños alemanes que habían huido a Lituania después de la guerra y que vagaban mendigando, pidiendo pan y un techo para pasar la noche. Los llamaban niños lobo. Yo no cabía en mí de asombro. Resultó que el empresario Ričardas Savickas se había puesto en contacto con él. Su propia madre había sido una niña lobo y ahora el hijo quería que el tema se mantuviera vivo, que las desdichas que habían sufrido aquellas personas no cayeran en el olvido. Le habló de la vida de su madre, Renata Markewitz-Savickienė, y no pocos fragmentos y detalles de ese relato han quedado reflejados en mi novela.

Algo más tarde, cuando anunciamos nuestro proyecto de rodar una película sobre los niños lobo, empecé a recibir llamadas telefónicas o cartas de conocidos y desconocidos. Me hablaban de sus vecinos, de amigos de sus amigos que también habían sido niños lobo o sabían algo sobre esos años. Entonces conocí a una mujer que también había luchado por sobrevivir en Lituania en los años posteriores a la Segunda Guerra Mundial. Su nombre era muy similar al de la madre de Ričardas; solo se diferenciaba en una letra. Se llamaba Renatė. Renatė me habló de sus experiencias durante la posguerra, de las personas que le ofrecieron cobijo. Gracias a ella descubrí muchos detalles y hechos que pueden parecer nimiedades, pero que son muy importantes para comprender el horror y la angustiosa desesperanza de esos días. Escuchando su relato me parecía estar viendo, oyendo y sintiendo a todas esas personas. Fue entonces cuando supe cómo debería escribir.

¿A cuál de esas dos mujeres —Renata o Renatė— representaría esa niña pequeña perdida entre abetos y personas sobre la que acaban de leer? No lo sé.

Por desgracia, ahora no puedo revelar el apellido de esta segunda mujer. Cuando acabé de escribir el libro, quise encontrarme de nuevo con ella para hablar sobre el presente e introducir esa información en el epílogo. De manera inesperada, Renatė se negó a verme. Alegó que ya no quería recordar nada, hablar de nada ni contar nada: «Hace tiempo que todo eso murió para mí». Dicho esto, me colgó.

De modo que ahora solo puedo decir que Renatė vive en Lituania, trabajó como pedagoga toda su vida y ahora está jubilada. No tiene relación con otros niños lobo y, aunque encontró a sus familiares en Alemania, lamentablemente no permanecieron en contacto.

Alvydas Šlepikas